가족

가족

—

개정판 1쇄　2014년 7월 1일
지은이　최영미 외
펴낸이　김영재
펴낸곳　책만드는집

—

주소　서울 마포구 양화로3길 99 4층 (121-887)
전화　3142-1585·6
팩시밀리　336-8908
전자우편　chaekjip@naver.com
등록　1994년 1월 13일 제10-927호

—

잘못 만들어진 책은 구입하신 서점에서 교환해드립니다.
책값은 뒤표지에 표시되어 있습니다.

—

ISBN 978-89-7944-481-0(03810)

—

이 도서의 국립중앙도서관 출판시도서목록(CIP)은 e-CIP
홈페이지(http://www.nl.go.kr/cip.php)에서 이용하실 수 있습니다.
(CIP제어번호 : CIP2014016152)

가장 소중한 이름

최영미 외 지음

책만드는집

차례

자꾸자꾸 떠오르는 함박웃음의 기억, 기쁨

슈퍼맨의 비애 _ 11

썰렁한 시아버지와 무뚝뚝한 며느리 _ 16

만 원의 행복 _ 20

큰며느리는 천하장사 _ 23

이웃사촌 _ 26

마이크를 좋아하는 아내 _ 31

세상에서 제일 비싼 햄버거 _ 34

운동회의 추억 _ 37

그녀가 먹은 건 양심 _ 40

외롭고 슬퍼도 살아가는 이유, 사랑

며느리 사랑은 시어머니 _ 47

백 원 때문에 _ 50

유치원 선생님에서 농부의 아내로 _ 54

남편의 발 _ 59

선물 받은 미역국 _ 63

시아버지는 주방장 _ 66

아버지, 지금 그대로의 모습을 사랑합니다 _ 72

봉사 활동이 맺어준 인연 _ 76

복숭아 한 상자의 감동 _ 79

순대 없는 순댓국 _ 84

시어머니와 경옥고 _ 88

남편의 비자금 _ 92

가슴으로 이해하는 마음, 용서

부끄러웠던 하루 _ 99

이제는 다 잊었습니다 _ 102

돌이킬 수 없는 후회 _ 106

용서받고 싶은 마음 _ 110

고부간의 이메일 사랑 _ 113

하늘이 내린 적, 동서 _ 117

다시 오지 않을 시간의 서정시, 이별

어머니께 해드린 마지막 화장 _ 123
까만 선글라스의 아버지 _ 126
무김치와 내복 _ 130
천사의 하루 _ 134
그리운 어머니의 손맛 _ 137
풍선 장수 삼촌 _ 141
외할머니의 박하사탕 _ 144

애틋하고 아련한 울렁임, 추억

맵기만 하던 시집살이 _ 151
어머니 마음 저도 알 것 같아요 _ 154
김밥 속 엄마의 편지 _ 158
최고의 도시락 _ 162
어머니의 몽당연필 _ 166
회색 스웨터의 추억 _ 171
아버지의 때 묻은 돈 _ 175
할아버지의 유품 _ 180
구구단과 파 송송 계란찜 _ 185
엄마의 늘어난 양말 _ 190
백 송이의 장미 _ 194

내 지친 마음의 따뜻한 온기, 행복

시골집 가는 날 _ 201

늦깎이 새색시 _ 204

엄마가 된 남편 _ 208

10월의 산타 _ 212

아기야, 튼튼하게만 자라다오 _ 218

훈장과 바꾼 사랑의 팔찌 _ 222

50년 만의 데이트 _ 226

왕소금 남편 _ 230

아들의 첫 월급 _ 234

지고는 못 살아! _ 237

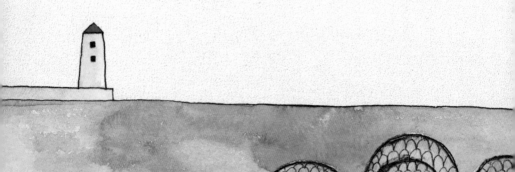

자꾸자꾸 떠오르는
함박웃음의 기억, 기쁨

슈퍼맨의 비애

씩씩한 시아버지와 무뚝뚝한 며느리

만 원 의 행 복

철없는 며느리, 현명한 종사

이웃사촌

마이크를 좋아하는 아내

세상에서 제일 비싼 햄버거

운동회의 추억

그녀가 먹은 건 양심

슈퍼맨의 비애

친정아버지의 생신이라 모처럼 친정에 가게 됐다.

"아버지, 뭐 필요하신 거 없으세요? 생신 선물로 사드릴게요."

"아니여, 아녀. 절대 아무것도 사 오지 마라. 집에 다 있응게."

그래도 선물을 사 들고 부랴부랴 친정집으로 향했다.

"딩동, 딩동!"

벨을 누르자 안에서 "잠깐 기다려봐라잉~. 쪼매 복잡혀서리~"라는 아버지의 목소리가 들려왔다.

잠시 뒤 "찰칵" 하고 현관문이 열렸는데 그때 상황을 어떻게 표현해야 할까? 이건 피난민 수용소인지 내일 이사 갈 집인지 구분이 안 될 정도로 자질구레한 재활용품들이 발 디딜 틈도 없이 현관 입구까지 빼곡히 들어차 있었다.

칠 벗겨진 장롱에서부터 고리 빠진 서랍 장, 커다란 추시계에 곰인형까지 있었다. 부엌에 가보니 각종 접시와 플라스틱 컵, 스테인

리스 그릇, 심지어 나사까지 구비되어 있었다.

평소 알뜰 정신이 투철하신 분이어서, 쓸 만한 물건이다 싶으면 한두 개씩 가져다 놓은 게 어느새 트럭에 실어도 될 분량이 되었다.

아버지 혼자 사시기엔 썰렁할 정도로 크다고 생각했던 집이 이토록 좁아질 줄이야.

"아버지, 이게 다 뭐예요? 이런 쓰지도 못할 물건들을 죄 주워다 놓으시면 어떡해요! 남우세스럽게요."

"야야, 요즘은 멀쩡한 것들도 싫증 났다고 죄다 버리더라. 그 아까운 걸 어떻게 기냥 놔둔다냐? 너도 주고, 정순이도 챙겨주고, 니 남동생들도 주려면 이것도 모자란디."

"아이고, 몇 푼이나 한다고요. 전 필요 없으니까 제 몫은 갖다 버리세요. 사위나 손자들이 흉보겠어요."

아버지는 부자들이 사는 큰 아파트 경비 일을 하신다. 자식들 생각해서 재활용품을 하나 둘씩 모아두신 건데, 나의 퉁명스럽게 쏘아붙이는 따발총 소리에 아버지는 시무룩해지셨다.

"아버지, 이 옷 한번 입어봐요. 잘 어울릴 것 같아 사 왔어요" 하고 티셔츠와 바지를 꺼내는데 또 한 말씀 하신다.

"네가 사준 옷들, 장롱 안에 가득허다. 상표도 안 뜯었는데 뭔 옷을 또 사 왔다냐? 재활용 옷도 많아서 앞으로 옷 안 사줘도 된당게!"

하지만 점점 속상해서 화가 나기 시작했다. 이젠 몸 편히 자식들 효도나 받으며 사셨으면 좋겠는데 사서 고생을 하시니 말이다.

그래서 내가 "그럼, 이 옷 갖다 버릴 거예요. 아버지 생각해서 사 온 건데 싫다 하시니 어쩌겠어요" 하며 새 옷을 돌돌 말아 움켜쥐 려 하자 아버지는 "야야, 그럼 쓰간디~. 알았다, 알았어. 입으면 되잖여" 하며 마지못해 옷을 벗으셨다. 그리고 윗도리를 갈아입으 신 후 바지를 벗으셨을 때 난 경악했다. 아버지가 내복 위에 삼각팬 티를 입으신 거였다. 68세의 슈퍼맨이라?

"뭐예요, 그 팬티는? 왜 내복 위에 입었어요? 이젠 코미디언 하 기로 했어요?"

"그, 그게 아니라 내복을 오래 입었더니 고무줄에 힘이 없어서 흘러내릴까 봐서. 내복 위에 이눔을 입었더니, 이것 봐라. 끄떡없잖 여."

웃어야 할지, 울어야 할지 가슴 한쪽이 짠해졌다.

음식을 준비하던 중 동생들이 도착했고 집에 들어오는 동생들마 다 "이 짐들이 다 뭐야? 고물상 차렸어?" 하고 놀라며 물건들을 밖 으로 끄집어내고 정리해서 앉을 공간을 마련했다.

비록 친정엄마는 안 계셨지만 나름대로 한상 가득 차린 생신 상.

"생신 축하드립니다!"

손자들이 불러주는 노래 속에 오랜만에 환하게 웃으시는 아버지.

자식들이 사 온 선물 포장을 하나 둘 풀어보시며 즐거워하시는 모습을 보니 나도 뿌듯했다.

그런데 저녁 드시고 바람 쏘이러 나가신 아버지가 화가 나셨다.

"느그들이 아까 잠시 내놓았던 자전거, 서랍 장, 옷 보따리들이 안 보인다. 내가 얼마나 정성 들여 깨끗이 닦아놓은 건데, 아깝게시리!"

그새 누가 가져갔는지 물건이 온데간데없자 아버지는 허탈해하시고, 우리는 오히려 속이 후련해졌으니 이것도 불효라면 불효일까?

"아버지, 저희 받은 셈 칠게요. 다음에 좋은 것 생기면 그때 주세요."

"그래, 그러면 되겠다. 이제 차 밀리기 전에 슬슬 올라가야 하니까 이리들 와봐라. 자! 첫째는 이것하고 이것, 둘째는 이것, 막내는 이것!"

아버지는 없어진 것들을 제외한 나머지 물건들을 펼쳐 구분해놓으시며 손수 차에 실어주시기까지 했다.

우리는 울며 겨자 먹기 식으로 물건들을 싣고 집으로 왔다.

얼마 후 동생에게 전화가 왔다.

"언니, 내 것도 가져. 난 이거 다 집에 있고, 산 지도 얼마 안 됐거든."

"야, 누군 안 그러냐? 하지만 어쩌겠어. 아버지 당신의 사랑 표현이고 방법인걸."

우리 형제들은 아버지가 주신 사랑은 마음만 받고 물건들은 다음 날 스티커를 사서 모두 재활용 코너에 내놨다. 이젠 친정집에 내려가기 전에 스티커부터 사다 놔야 할까 보다.

며칠 후 아버지에게 전화가 왔다.

"수정아! 다른 애들은 다 줬는데 너만 청소기 안 줘서 맘에 걸렸다. 근데 오늘 좋은 거 나와서 챙겨놨응게 다음에 와서 꼭 가져가거라."

아버지가 기뻐하신다면 조금 불편한 것은 감수해야겠다. 그저 지금처럼만 건강한 모습으로 사셨으면 더 바랄 게 없겠다.

썰렁한 시아버지와 무뚝뚝한 며느리

아버지가 일찍 돌아가셔서 아버지의 사랑을 모르고 컸던 나는 결혼하게 됐을 때 무엇보다도 시아버지가 생긴다는 사실이 좋았다. "며느리 사랑은 시아버지"라는 말도 있듯이 좋은 며느리가 되어 듬뿍 사랑받고, 아버지께 못 해드렸던 것을 시아버지에게 해드리며 살아야겠다고 입버릇처럼 말하곤 했다.

하지만 천성이 무뚝뚝하고 애교라고는 눈곱만큼도 없는 성격이 하루아침에 변하기는 힘든 일이었다. 시간이 갈수록 난 절대 애교 있는 며느리가 될 수 있는 체질이 아니란 걸 절실히 깨달았다.

더 중요한 사실은 우리 아버님은 애교 없는 나보다 더 말수가 적은 분이시라 어쩌다 아버님과 함께 있게 되면 무뚝뚝한 며느리와 썰렁한 아버님 덕분에 집안 분위기가 남극처럼 추워진다는 것이었다. 그래도 난 아버님이 표현을 안 하셔서 그렇지 늘 며느리 생각을 하신다는 걸 알고 있었다.

첫아이를 낳을 때, 한창 바쁜 농사철인데도 아버님은 시어머니를 남겨두고 직접 올라오셨다. 당시 힘든 출산으로 인해 입술이 부르터 있는 걸 물끄러미 바라보시더니, 아무 말 없이 나갔다 들어오셔서는 주머니에서 연고를 꺼내 슬며시 건네주셨다.

언제나 시골에서 올라오실 때면 내가 좋아하는 감태, 조기, 젓갈 등을 잔뜩 가져다주셨다. 그럴 때도 언제나 그저 묵직한 짐 꾸러미를 휙~ 던지시곤 바깥으로 나가셨다. 난 꾸러미를 풀며 아버님의 사랑에 감동할 뿐이었다.

하지만 이런 썰렁함에서 탈출할 계기가 있었으니, 다름 아닌 술! 바로 술이었다.

첫 시작은 아마도 신혼 때였던 듯싶다. 당시 남편은 친구들과 어울리는 걸 너무 좋아해 매일 술을 마시고 자정이 넘어서야 들어왔다. 어느 날은 참다못한 나도 맥주를 사갖고 와서 혼자 술을 들이켰다.

알딸딸한 기분에 취기도 오른 나는 나도 모르게 시댁 전화번호를 누르고 말았다. 주무시다 전화를 받은 아버님은 역시나 누구냐는 둥, 이 밤에 무슨 일이냐는 둥 묻지도 않으시고 달랑 하시는 말씀이 "뭐디?"였다.

아무리 술의 힘이라고는 해도 난 수화기에 대고 약간 꼬부라진 목소리로 말했다.

"아버님, 뭐 하세요? 아버님 목소리가 너무 듣고 싶어서 전화드렸어요. 호호호. 아버님! 제가 하늘만큼 땅만큼 사랑하는 거 아시죠?"

아버님이 잠자코 듣고만 계시니까 옆에 계시던 어머님이 전화기를 낚아채셨다.

"이 야밤에 뭔 일이냐? 뭔 일 난 겨? 술 마시고 전화를 다 허고?"

순간 정신을 차리고 어머니에게 죄송하다는 말씀과 함께 전화를 끊었다. 그 후 얼마간은 시댁 문안 전화도 남편에게 미루며 그날의 행동에 후회하고 있었다.

그런데 어느 날 밤 열한 시가 넘을 무렵, 전화벨이 울렸다. 수화기를 들으니 아버님이셨다.

"에미냐? 내다! 잤냐?"

약주를 하신 듯 아버님의 목소리가 흔들렸다.

"아가, 나가 뭐 쪼까 물어보겄는디, 거시기 느그 시에미하고 나하고 물에 빠져불면 니는 누구 먼저 건져불라냐?"

순간 난 수화기를 잡은 채 땀이 날 정도로 당황했다.

"거시기, 아가! 느그 시에미보다는 내가 낫제? 아가, 혹시 그런 일이 생기믄 꼭 나를 먼저 건져야 할 것이여. 말 많은 느그 시에미는 금붕어가 살릴 테고, 글구 니 시에미보단 내가 백 배 나웅게. 안 그냐, 아가?"

18

난 웃음이 터져 나오려는 걸 간신히 참았다. 예전의 내 모습을 보는 듯해서 말이다. 그 순간에도 역시나 수화기를 뺏어 든 어머님의 날벼락에 전화는 끊겼지만 그 일이 계기가 되어 지금도 아버님은 약주만 드시면 전화를 하신다. 물론 그 다음 날이면 말수 적은 아버님이 되시지만.

술의 이 놀라운 능력! 술이 그리 나쁜 것만은 아닌 것 같다. 이렇게 가끔씩 시아버지와 며느리의 돈독한 사이를 확인시켜주니 말이다.

만 원의 행복

　얼마 전 집들이를 했다. 이것저것 선물이 많이 들어왔는데 그중 가장 큰 선물이 원목으로 된 반신욕 욕조였다. 남편 회사 직원들이 사 온 건데 언뜻 보기에도 비싸 보였다.

　선물을 받고 곰곰 생각해보니 고무 대야에 물 받아놓고 반신욕하면 되는데 굳이 이 비싼 욕조가 무슨 필요인가 싶었다. 여러 궁리 끝에 팔아서 현금을 챙기는 게 좋겠다는 결론을 내렸다. 그래서 인터넷을 검색해봤더니 욕조가 무려 거금 삼십만 원에 거래되고 있었다.

　"우와~. 뜯지 마. 절대로 만지면 안 돼!"

　아이들에게는 박스도 못 만지게 하고 남편에게는 당장 팔겠다고 했다.

　"그걸 어디에다 팔아?"

　"글쎄 사는 사람이 있을지도 모르니까 인터넷에 한번 올려보자.

안 팔리면 뭐, 우리가 그냥 쓰면 되잖아. 살 사람만 나타나면 택배로 부쳐주면 돼. 택배비도 착불로 하더라고. 밑져야 본전 아니겠어?"

그러고 나서 며칠 후 구매하겠다는 연락이 왔다. 게다가 사겠다는 사람의 주소를 보니 우리 집에서 아주 가까운 아파트였다.

그런데 한번 생긴 욕심은 끝이 없는지라 착불 택배비까지 욕심이 났다.

"여보~ 여기 우리 집하고 가까운데, 당신이 택배 아저씨인 것처럼 갖다 주고 택배비 받아 오면 안 될까? 만 원은 받을 텐데……."

"뭐? 싫어! 이제 아주 별걸 다 시키는구나?"

"왜? 그냥 물건만 갖다 주고 '만 원입니다' 하면 돈 줄 거야. 내가 오천 원 딱 잘라줄게. 응?"

남편은 좀 망설이는 듯하더니 못 이기는 척 알았다고 했다. 그러고는 바로 양복을 벗고 어디서 찾았는지 오른팔에 '안전 제일'이라고 써 있는 남색 점퍼까지 꺼내 입고 나왔다. 혼자 들기에는 무거웠기에 내가 그 아파트 엘리베이터까지 같이 들어다 주기로 하고 함께 차에 실었다.

정말 엎어지면 코 닿을 만큼 가까운 거리였다.

아파트 경비 아저씨가 어딜 가냐고 묻자 남편은 바로 "택배 기사인데요, 701호 배달 왔습니다"라고 말하며 나에게 먼저 차에 가서 기다리라고 했다. 그런데 물건 주고 택배비만 받아 오면 되는 남편이 한참을 기다려도 오지 않았다. 내심 걱정을 하고 있는데 헉헉거리며 남편이 뛰어왔다.

"왜 이렇게 늦게 왔어? 무슨 일 있었어?"

"돈 만 원 벌기가 쉬운 줄 아나? 있는 물건 치우고 그 자리에 놓으라기에 짐 옮기느라 늦었어. 그런 데다 '아저씨, 박스 수거해 가시고 나가실 때 저희 종이 뭉치 모아둔 것 있는데 같이 좀 버려주세요' 하는 거야."

그렇게 남편은 종이 뭉치를 낑낑대며 들고 내려와서 분리수거까지 하고 왔다는 거였다.

"그런 건 왜 해? 그냥 물건만 주고 오면 되는데!"

"내가 아나? 해봤어야 알지. 그냥 시키면 시키는 대로 하는 건 줄 알았지! 그나저나 땀 흘려 번 돈 만 원! 자, 받아!"

난 함박웃음을 지으며 "여보야! 우리 이 돈으로 뭐 할까?" 하고 만 원의 행복에 빠졌다.

반신욕 욕조 판 돈보다도 남편이 위장 취업(?)해 벌어다 준 택배비 만 원이 훨씬 값지고 크게 느껴진 하루였다.

큰며느리는 천하장사

결혼할 당시만 해도 난 보통 체격이었다. 하지만 아이 둘 낳고 10년 넘는 주부 생활을 하다 보니 금세 뚱보 아줌마가 되어버렸다.

그런데 3년 전 시집온 동서는 아직도 처녀 적 몸매를 그대로 유지하고 있다. 키도 큰 데다 호리호리한 동서가 입는 쫄티 한번 입어보는 게 내 소원이었다.

언젠가부터 동서와 함께 밥을 먹을 때면 스트레스가 쌓이기 시작했다. 내가 동서에게 밥을 퍼주면, "형님, 저는 밥 많이 못 먹어요" 하면서 절반 이상을 덜어낸다. 그럼 난 속으로 뜨끔하면서 고민을 하게 된다.

'내 밥은 얼마나 퍼야 되지? 난 밥 많이 먹어야 되는데……'

한술 더 떠서 남편은 내 밥그릇을 사정없이 노려보기까지 했다. 그 후로 난 밥 양을 대폭 줄이기로 결심했다.

얼마 후 시골로 동서 내외랑 3일 동안 가 있을 일이 생겼다. 그런데 또 밥이 문제였다. 시골 밥이 얼마나 맛있는가? 하지만 난 꾹 참고 동서 밥과 내 밥을 똑같이 펐다.

그걸 본 남편이 "상 차리면서 뭘 얼마나 주워 먹었기에 밥을 그것밖에 안 먹어?"라며 한마디했다.

"내가 먹긴 뭘 먹었다고 그래. 나도 양 많이 줄었어. 요즘 식욕도 없고……."

그렇게 하루가 지나니 현기증이 나는 것 같기도 하고, 밥도 내 맘대로 못 먹나 하는 생각에 짜증이 났다.

그래서 아이들을 데리고 바람을 쐬러 나갔다. 딸아이가 과자를 사달라며 슈퍼마켓으로 나를 끌었다. 아이 과자를 조금 뺏어 먹고 나니 밥이 더욱 그리웠다.

'내가 이러다가 쓰러지지~' 하며 한탄할 무렵 바로 순댓국 가게가 눈에 들어왔다. 난 본능적으로 들어가서 국밥 그릇을 끌어안고 정신없이 먹어댔다.

그때 들리는 소리. "거시기 윗집 맏며느리 아녀? 언제 내려왔는감? 근데 순댓국을 혼자 먹으러 온 거여? 거시기 입덧하는감? 가만 보니께 배도 많이 불러불고, 순대가 옴청 땡겼는갑네!"

순간 입속에 있는 걸 뱉어낼 뻔했다. 시어머니와 제일 친하게 지내는 앞집 아주머니였다. 하지만 창피해도 먹던 걸 마저 먹고 조금 찜찜한 마음으로 돌아왔다.

그 후 식구들과 점심을 먹는데 동서가 "형님, 왜 식사 안 하세요?" 하고 물었다.

"어~ 나 별로 입맛이 없어서. 동서나 많이 먹어."

이 말에 식구들 모두 깜짝 놀라고 남편 역시 "살다 살다 별일 다 보네? 당신 어디 가서 닭 잡아먹고 온 거 아냐?" 하며 놀렸지만 일단 배가 부르니까 화도 안 났다.

다음 날 아침, 앞집 아주머니가 들이닥쳤다.

"놀러 왔소. 아니, 아직 며느리들이 있구먼? 내가 어제 이 집 큰며느리, 순댓국 겁나게 먹고 있는 거 봐부렀어. 참말로 복 있게 잘도 먹두만."

시어머님은 웃으시며 "그래, 약골보다는 씨름 장사가 낫다. 먹을 거 배불리 먹고 살아라잉~! 우리 큰며느리는 천하장사랑게"라고 말씀하셨다.

남편을 비롯한 온 식구들은 웃음을 참느라 애썼고, 난 정말 쥐구멍이라도 있으면 들어가고 싶은 심정이었다.

어차피 이렇게 된 거, 나는 밥과의 전쟁에 종지부를 찍었다. "건강이 최고야~"라는 핑계를 앞세우며.

이웃사촌

아파트 생활에만 익숙했던 내가 이곳 주택으로 이사 온 것은 아이들 때문이었다. 세 살, 네 살인 아이들이 아래층 눈치를 보지 않고 뛰어놀 수 있을 거란 생각에 마음부터 편했다.

우리가 살게 된 집은 2층 건물의 1층으로, 원래 학원이었던 곳을 주거용으로 바꾼 곳이었다. 2층에 사시는 아주머니는 1층에서 학원을 운영할 때는 늘 문을 열어놓고 있었기 때문에, 우리가 이사를 와서 문을 꼭꼭 챙겨 잠그는 것에 신경을 쓰시곤 했다. 하지만 나는 아파트보다 문단속하기가 힘들어 늘 마음이 불안했다.

그리고 예의도 없이 밤낮없이 초인종을 눌러대는 2층 식구들을 이해할 수 없었다. 문을 항상 활짝 열고 살았던 2층에선 마치 불안에 떠는 사람처럼 대문을 잠그는 우리를 못마땅해하면서, 이사 와서 서로 인사를 나누기도 전에 괜한 거리감부터 생기고 말았다.

이 집은 전기며 수도 계량기가 따로 분리되어 있지 않았기에 무조건 금액의 반을 각각 부담하기로 합의했다. 2층 아주머니가 집 근처 상가에서 수입 코너 옷 가게를 하셔서 공과금은 내가 직접 가서 받아 오곤 했다.

그런데 작년 겨울, 일정하던 전기 요금에 문제가 발생했다. 평소 전기 요금보다 만 오천 원가량이 더 나온 것이다. 알고 보니 2층은 우리 집보다 추워서 옥 매트를 쓰고 있었다. 그것도 두 개씩이나!

슬슬 배도 아프고 주위 사람들의 의견도 그렇고 해서 몇 번을 망설이다 말을 꺼냈다.

"저, 옥 매트를 두 개나 쓰셔서 전기 요금이 더 나왔는데 요금을 더 주셔야겠어요. 저희는 보일러만 쓰거든요."

그러자 아주머니는 하루 종일 가게에 나와 있기 때문에 낮에는 집에 사람이 없는데, 반을 내야 하는 것은 억울하다는 식으로 오히려 기분 상해하셨다.

괜히 말했나 싶었다. 그러나 찝찝한 마음은 더욱 감정의 골을 깊게만 했고 그렇게 공과금 문제까지 엎친 데 덮친 격이 된 뒤론 정말 가까이하기엔 너무 먼 당신이 되어버렸다.

뒤늦게 '그깟 돈 몇 푼에 괜히 깐깐하게 굴었나?' 싶었지만 두 아이를 키우다 보니 단돈 몇천 원도 아껴야 했기에 어쩔 수 없었다.

그렇게 불편한 사이로 지내던 어느 날이었다. 아주머니가 두꺼운 솜이불을 난간에 널어놓으시고, 여느 때처럼 가게로 나가셨다.

그런데 얼마 후 하늘이 잔뜩 찌푸리기 시작했다. 처음엔 아주머니가 얄밉게 생각돼서 모른 척하려고 했지만 계속 이불에 신경이 쓰였다.

곧바로 비가 조금씩 내렸고, 난 후다닥 뛰어나가서 이불을 걷었다. 다른 빨래도 비에 젖지 않도록 2층과 1층을 오르락내리락하면서 옮겨두었다. 그리고 돌아온 말복, 아주머니께 치킨을 사다 드렸다. 서로 좋은 게 좋은 거라고 한 지붕 아래 사는 사람끼리 마음의 앙금을 지우고 싶었다.

어느 날 퇴근해 들어오시는 아주머니가 작은 종이 가방 하나를 건네셨다.

"지난번 공과금 받으러 왔을 때 이 원피스 예뻐하는 거 같아서 입으라고 하나 가져왔어요. 이불도 걷어주고 고마워서……."

순간 너무 작은 일에 큰 선물을 받는 것이 부끄러웠다. 그러면서 하늘거리는 핑크색 원피스를 보는 순간 그동안 서운했던 감정이 모두 사라지고, 금세 헤~ 하고 웃고 있는 내 모습이 정말 간사하게 느껴졌다.

지금은 맛있는 음식이나 김치를 담그면 한 쪽이라도 나눠 먹는다. 추석에는 아주머니가 생활 용품을 선물해주셨고, 나는 죄송한 마음에 공과금 받으러 가면서 선물 하나를 건네드렸다. 그래서 지금은 서로 불편하지 않은, 정말 먼 친척보다 나은 이웃사촌이 되었다.

처음엔 아주머니가 얄밉게 생각돼서 모른 척하려고
했지만 계속 이불에 신경이 쓰였다.

서로 마음의 문을 활짝 여는 것만큼 좋은 건 없는 것 같다. 혹시 지금 누군가 마음에 불편하게 자리하고 있다면 먼저 다가가 보자. 그리고 손을 내밀면 곧 마음이 따뜻해짐을 느낄 수 있을 것이다.

마이크를 좋아하는 아내

아내는 홍이 나면, 소위 말해 발동이 걸리면 그 누구도 막지 못한다. 노래방 갔을 때 제일 꼴불견인 사람은 좀 호응해주면 자신이 정말로 노래를 잘 부르는 줄 착각하는 사람이다. 그런 사람은 한 곡만 부르면 될 것을 연달아 몇 곡씩 부른다. 내 아내가 바로 그런 사람이다. 마이크가 좋아 마이크만 보면 어쩔 줄 모르는 여자다.

한번은 이런 일이 있었다. 동네에 보면 "고추 팝니다, 계란이 있어요" 하면서 확성기를 틀어놓고 장사하는 분들이 다닌다. 그런데 한 달 전 그날도 동네에 그 트럭이 들어서는데 아내가 갑자기 설거지를 하다 말고 부리나케 뛰어나갔다. 무슨 일인가 싶어 싱크대 물을 잠그고 뒤따라가 보았다. 아내는 트럭 주인에게 이런저런 얘기를 하더니 갑자기 마이크를 잡았다. 나는 무슨 일인가 싶어 계속 지켜보았다.

아내는 갑자기 장사하는 마이크를 잡더니 노래를 부르기 시작했다.

"자옥, 자옥, 자옥이었어요~ ♪ 내 사랑 자옥이~ 🎵"

정말로 황당함의 극치였다. 동네 사람들도 무슨 노래자랑이 열렸나 싶어 한 사람 두 사람 나왔다. 한참을 노래 부르던 아내가 마이크에 대고 목청 높여 하는 말.

"여기 신선하고 좋은 채소 과일 있으니까 사세요. 다른 데보다 훨씬 싸다고 하네요. 먹어보니 정말로 맛이 좋네요."

수군거리는 동네 사람 중 한 아주머니가 아내를 쳐다보며 말했다.

"좋아, 물건 살 테니까 노래 한 곡 더 해봐. 잘하던데, 이번엔 춘자야 어때 춘자야."

아주머니의 말이 떨어지기 무섭게 '춘자야'를 부르는데 정말로 이건 전국노래자랑이 동네에 왔나 할 정도로 동네가 떠나가라 노래를 부르는 것이었다. 얼마나 얼굴이 화끈거리던지. 하지만 아내 덕분인지 장사는 잘되었고, 트럭 주인도 아내에게 고맙다며 연방 인사를 했다. 게다가 채소며 과일까지 한 보따리 챙겨주었다.

나는 아내에게 물었다.

"당신 말이야. 설거지 하다가 급하게 뛰어가더니 급한 데가 여기야? 여기?"

아내는 빙그레 웃으면서 말했다.

"당신도 봤지? 난 역시 마이크 체질인가 봐. 마이크만 있으면 하루 종일 얘기하고 노래 불러도 질리지가 않네."

아내의 마이크 사랑은 또 다른 곳에서도 발휘되었다.

한 달에 한 번 동네 반상회가 있지만 사실 반상회 가는 거 좋아하는 사람은 드물다. 아내 역시 벌금 때문에 어쩔 수 없이 반상회에 가곤 했다. 어느 날인가는 부부가 함께 참석을 하라고 해서 같이 가게 되었다. 그런데 앞에서 목소리를 높이며 얘기하는 반장 아주머니에게 건넨 아내의 한마디.

"그렇게 얘기하면 목 안 아프세요? 마이크 없어요, 마이크?"

마침 있던 작은 마이크를 잡은 아내. 여기서도 마이크 사랑이 시작되었다.

"중요한 얘기도 분위기가 좋아야 하는 거 아니겠어요? 우리 우선 노래 한 곡 하고 시작하죠. 어때요?"

사람들은 웅성거렸지만 아내는 개의치 않고 마이크를 잡고 신나게 노래를 불렀다. 사람들은 처음엔 황당해했지만 하나 둘 호응을 하기 시작했고, 이윽고 동네 반상회는 동네 노래자랑이 되어버렸다. 주민들이 한 명씩 돌아가며 노래를 했고 아내는 아예 마이크를 잡고 사회를 보았다. 딱딱하게 느껴졌던 반상회는 아내의 마이크 사랑 때문인지 화기애애한 분위기로 바뀌어버렸다. 반상회가 끝난 후 반장 아주머니는 웃으며 고맙다고 인사했다.

아내 때문에 웃고, 아내 때문에 동네가 화기애애해지니 나 역시도 기분이 좋았다.

세상에서 제일 비싼 햄버거

"여보, 오늘 외식 한번 할까? 삼겹살 어때?"

"싫어."

"어……. 그럼 돼지 갈비 어때?"

"싫어."

"그럼 뭐 먹고 싶은데? 당신이 말해봐."

"몰라."

"아이 참 외식 한번 하기 어렵네. 그럼 보쌈은 어때?"

"싫어."

"으이그~ 징그럽다, 징그러워. 그럼, 감자탕은?"

"좋아."

남편은 경상도 남자도 아닌데 무뚝뚝한 편이다. 워낙 말수가 적
어 하루에 몇 마디 안 하지만 그건 좋다. 묻는 말에는 좀 성의 있게
대답해주면 안 되나? 결국 이런 식으로, 수십 가지 물어봐야 그중

하나가 당첨된다. 게다가 남편은 애 둘 난 아줌마보다 더 건망증이 심하다.

일요일 오후, 내가 햄버거가 먹고 싶다고 했더니 알았다면서 차를 타고 나갔다. 걸어서 다녀와도 될 거리였는데…… . 어쨌든 남편이 푸짐하게 사 온 햄버거를 맛있게 먹고 여유로운 오후를 보냈다.

다음 날 맞벌이를 하는 우리 부부는 아침 일찍 출근길에 나섰다. 그런데 어찌 된 일인지 주차장에 있어야 할 차가 없는 것이다.

"여보, 어떻게 된 거야. 차가 없잖아?"

"어, 어떻게 된 거지?"

남편은 휴대전화를 꺼내서 도난 신고를 하려 했다. 그 순간 뇌리를 스치는 생각…… .

"혹시 당신 어제 햄버거 사고 어디에 주차했어?"

남편은 얼굴이 하얗게 변하더니 대답도 없이 어디론가 달려갔다.

아뿔싸! 햄버거 집 앞에 당당하게 서 있는 우리 차!

참 어처구니가 없었다.

"뭐야. 당신, 햄버거 사고 차는 버리고 온 거야? 내가 못 살아. 그러게 차는 왜 가져가!"

"미안…… ."

일단 출근부터 해야 했기에 허겁지겁 차에 타서 시동을 걸려는데, 그 다음부터는 안 봐도 뻔하다. 시동이 걸릴 리가 없다. 밤새 비상등이 깜빡여 방전된 것이다.

출근은 늦었지, 시동은 안 걸리지, 게다가 오늘은 오전에 회의가 있는 월요일이다. 그때 심정으로는 정말 비 오는 날, 먼지 나게 남편을 때려주고 싶었다.

어쨌거나 긴급 출동을 불렀다.

"아이고, 이거 완전히 방전됐네요. 배터리를 새걸로 갈아야겠는데요?"

"네? 얼만데요?"

"십오만 원입니다."

이럴 수가! 햄버거 만 원어치 사 먹고 십오만 원을 날리다니. 세상에 이렇게 비싼 햄버거를 먹게 될 줄이야! 속이 말이 아니었다.

그날 밤 고요하고 잠잠한 동네는 마치 전쟁터를 방불케 할 만큼 시끄러웠고 그렇게 말이 없던 남편은 계속 미안하단 말을 반복해야 했다.

"여보~ 잘못했어. 응? 내가 잘못했다고. 한 번만 봐주라. 응? 다시는 실수 안 할게. 이렇게 무릎 꿇고 싹싹 빌잖아. 한 번만 봐주라. 응? 응?"

36

운동회의 추억

지금도 잊히지 않는 초등학교 4학년 때의 가을 운동회 일이다. 사실 지금이야 학교에서 공부만 잘하면 부모님들이 좋아하시겠지만, 내가 초등학교 다닐 때만 해도 꼭 그렇지만은 않았다. 운동회 때 달리기에서 1등을 하면 공부 잘해서 1등 한 것보다 더 좋아하는 부모님들이 계셨다. 우리 부모님이 그러셨다.

운동회 며칠 전부터 어머니는 꼭 1등을 해야 한다면서 뒤뜰에 있는 암탉이 갓 낳은 따끈한 달걀을 하루에 한 개씩 주셨다. 평상시 같으면 상상도 못 할 일이었다. 달걀은 제사나 명절 때만 맛볼 수 있는 귀한 것이었다.

드디어 운동회 날. 어머니는 달걀을 두 개나 주셨다.

"꼭 1등 해야 한데이. 할머니 할아버지 모시고 곧 뒤따라갈 테이까네. 이번에 1등 하면 니가 사달라는 거 하나 사줄끼라. 알았제?"

"엄마, 정말이가? 나는 짜장면이 제일 먹고 싶다."

하지만 1등을 하기란 쉬운 일이 아니었다. 항상 1등을 도맡아 하는 같은 동네 길수란 놈 때문이었다. 학교 가는 길에 길수를 살짝 불렀다.

"길수야, 요번 달리기 때 내한테 한 번만 져주라. 우리 엄마가 나 1등 하면 짜장면 사준다 했다. 반 그릇은 니 줄게, 응?"

처음엔 싫다던 길수는 한참을 꼬드기자 입맛을 다셨다.

"진짜 내한테 반 그릇 줄 수 있나? 그럼 손가락 걸고 도장 찍어라."

운동회가 시작되고 드디어 우리 반 백 미터 달리기도 시작되었다.

몇 발짝 앞서서 달리는 길수. 길수를 따라잡으려고 안간힘을 썼고, 골인 지점을 몇 미터 앞두고 길수가 뒤를 힐끗 보는 사이에 간발의 차이로 1등을 했다. 어머니와 할머니는 너무 기뻐 춤을 덩실덩실 추셨고 길수 할머니는 안타깝게 발만 동동 구르셨다.

마을 어른들의 풍물놀이가 시작되고, 어른들이 국밥 집에서 막걸리 잔을 주고받는 사이 나는 엄마의 손목을 잡아끌고 자장면 집으로 향했다. 길수도 저만치 뒤에서 슬금슬금 따라왔다.

아, 그런데 자장면을 시켜놓고 엄마가 나가실 줄 알았는데 내가 다 먹을 때까지 기다리신다는 거였다. 길수는 천막 사이로 고개를 내밀고 자꾸 들여다보는데 말이다.

"저놈의 자슥. 집에는 안 가고 와 자꾸 들여다보노?"

"엄마, 퍼뜩 먹고 갈 테니까 나가 있어라."

"아니다. 내 오늘 억수로 기분 좋다. 어서 묵어라."

그렇게 맛있는 자장면을 입에 넣으면서도 길수 때문에 너무 미안하기만 했다. 밖으로 나오자 길수는 천막 귀퉁이에서 훌쩍거리며 울고 있었다.

"너 임마, 진짜 나쁜 놈이다. 와 약속 안 지키노?"

"진짜 미안하다. 엄마가 아무리 해도 안 나가시는데 우짜겠노?"

"시끄럽다. 앞으로 너랑 다신 안 논다."

그로부터 이틀이 지난 후 나는 1등 상품으로 받은 공책 세 권을 길수에게 주는 걸로 화해를 할 수 있었다. 지금쯤 어른이 된 길수도 어딘가에서 어릴 적 고향 산골 마을의 운동회를 떠올리곤 하겠지?

그녀가 먹은 건 양심

둘째가 태어나기 전이니까 오래전 일이다. 항상 그 아주머니를 보면 양심의 가책이 느껴져 얼굴이 붉어지고 몸둘 바를 모르겠다. 언젠가부터는 행여 마주치기라도 할까 봐 두렵고 긴장되어 슬슬 피해 다니기에 이르렀다. 하지만 오늘로써 지난 과오를 깨끗이 정리하고 사건의 전모를 속 시원히 펼쳐보려 한다.

우리 시댁은 통일 전망대가 가까운 파주다. 많은 사람이 오가지만 도시 속의 시골이랄까? 초입에는 으스스한 공동묘지가 있고, 굽이굽이 비탈길을 들어서면 한 집 두 집 띄엄띄엄 작은 부락이 보이는데, 그 부락의 맨 끝에 바로 우리 시댁이 있다. 밤나무들이 마치 병풍처럼 둘러싸여 있는 곳이다.

추석 전후로 알알이 벌어져 떨어지는 수많은 밤알은 청설모나 다람쥐들만이 반가워할 뿐 만물의 영장인 우리에겐 그림의 떡이다. 아니, 먹고 싶으면 목숨과 맞바꾸어야 한다고 해야 할까? 다름이 아니라, 6·25 전쟁 때 매설된 지뢰가 아직까지 곳곳에 널려 있어 철책으로 경계선을 그어놓았기 때문이다.

밭농사, 논농사를 짓던 시댁 앞에는 시어머니의 동갑내기 친구인 한 아주머니가 손자를 키우며 딸기, 감나무, 대추나무, 자두나무, 복숭아나무를 재배하다. 배추, 무, 파, 콩 들만 심던 시댁 밭과는 대조적으로 철마다 달콤하고 새콤한 과일들이 나를 유혹했다. 워낙 식탐이 많은 나의 레이더망에 포착된 과일들은 영락없이 배 속으로 꿀꺽 사라지곤 했다.

그런데 도가 지나쳤을까? 아니, 꼬리가 길면 잡힌다는 게 맞은 것일까? 너무도 꼼꼼하신 아주머니께서 하루하루 과일의 수를 확인하고 계셨던 것이다. 그 사실을 모르던 나는 탱글탱글 야무지고 탐스럽게 유혹하는 복숭아의 자태에 넋을 잃고 그만 일을 저지르고 말았다.

한참 동안 그 집 주변을 둘러보다가 "아주머니, 아주머니" 하고 불러봤다. 그렇게 인기척이 없는 것까지 확인한 후에야 나는 작전에 돌입했다. 살금살금 도둑고양이처럼 다가가서 복숭아 다섯 개를 윗옷으로 감싸고 나왔다. 그러고 나선 펌프 앞에서 그것을 씻어 아작아작 맛있게도 먹는데 "너였구나? 나는 누군가 했네" 하는 소리, 바로 주인아주머니셨다.

순간 어찌나 놀랐던지, 주르르 흘러내려 이리저리 나뒹굴던 복숭아! 정말이지 쥐구멍이라도 있으면 들어가고 싶을 정도였다. 내가 몹시 난감해하고 있는데 아주머닌 떨어진 복숭아를 하나 둘 집어 그릇에 담아주시며 "먹고 싶으면 말을 하지" 하셨다.

나는 무슨 변명이라도 해야 할 것 같은 절박함에 그만 해서는 안 될 거짓말을 하고야 말았다.

"저어~ 그게 아니라요. 제가 임신을 했는데, 복숭아가 너무나 먹고 싶었어요. 그래서 염치없이…… 죄송해요."

세상에나 어떻게 그런 거짓말이 술술 잘 나오던지.

"그려, 그랬구나. 첫아인 딸이니까 둘째는 아들 낳아야겠네. 태몽은 뭘 꾸었나? 시어머닌 알고 계신 겨? 오메~ 이 집 경사 났네 그려. 그토록 손자를 기다리더니. 축하한다, 축하해! 그것 갖고 되겠냐? 내 얼른 더 따다 줄게. 맘껏 먹어라잉~."

아주머니는 상기된 얼굴로 당신 일처럼 기뻐하시며 복숭아를 커다란 광주리로 하나 가득 따주셨다. 일이 그 선에서 끝났으면 좋았으련만 작디작은 부락에서 나의 임신 소식은 입에서 입으로 전해지더니 결국 시어머니께도 알려졌다. 거기다가 온 마을 사람들이 부침이며 떡이며 과일까지 나를 볼 때마다 챙겨주시는데, 정말 목에 가시가 걸린 듯 맘이 편치가 않았다. 보이지 않는 창살에 갇힌 것과도 같던 생활, 시간이 지나면 지날수록 그 조여들던 압박감을 어떻게 해야 할지 난감하기만 했다.

"아기는 언제 낳니? 예정일이 언젠데? 몇 개월 됐어? 뭐, 먹고 싶은 건 또 없니? 얘~ 이 일은 큰애가 하고 작은아인 좀 쉬어라!"

손에 물도 묻히지 않게 해주시던 시어머니, 형님에게 너무 미안하고 죄송했지만 되돌리기엔 너무 늦어버렸다. 하는 수 없이 남편과 나의 둘째 만들기는 때와 장소를 가리지 않고 계속되었다.

지성이면 감천일까? 얼마 후 드디어 둘째를 임신했고 걱정과 근심을 뒤로한 채 순산할 수 있었다. 그런데 동네 어른들의 말씀.

"칠삭둥이는 들어봤어도 13개월 만에 낳는 아기는 첨 봤네그려. 허허~ 고놈 참 귀하게 되겠구나."

아시는지 모르시는지 덕담까지 잊지 않으실 때는 얼굴과 마음이 어찌나 화끈거리고 부끄럽던지. 양심이란 그 단어, 참으로 잔인하고 무서웠다.

오늘까지 품고 있었던 그 거짓말을 이제야 털어놓고 진실로 사죄드린다.

"용서해주세요. 정말 죄송합니다. 아주머니께는 제가 올봄에 복숭아나무 하나 사다가 심어드릴게요."

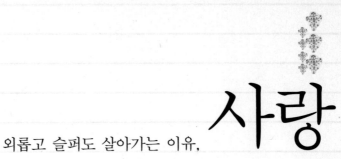

외롭고 슬퍼도 살아가는 이유, 사랑

며느리 사랑은 시어머니

백 원 때문에

유치원 선생님에서 동무의 아내로

남편의 발

선물 받은 미역국

시아버지는 주방장

아버지, 지금 그대로의 모습을 사랑합니다

봉사 활동이 맺어준 인연

복숭아 한 상자의 감동

순대 없는 순댓국

시어머니와 경옥고

남편의 비자금

며느리 사랑은 시어머니

추석 명절을 시댁과 친정에서 즐겁게 보냈다. 서울로 올라온 다음 날 시어머니께서 전화를 하셨다.

"에미야! 몸살은 안 났냐? 올라가느라 고생혔지? 애 많이 썼다."

걱정스러운 시어머니의 목소리였다.

"고생은요……. 저보다 어머님이 더 고생하셨죠."

"내가 뭘 고생……. 근디…… 근디…….”

"왜요? 무슨 일 있으세요?"

"아니 긍게 그거이 아니고……. 네가 사다 준 내복 있잖여?"

"왜요, 맘에 안 드세요?"

"아녀, 아녀. 맘에 꼭 든당게. 근디……. 난 암시랑토 않응게 마음 쓰덜 말고 들어라. 그 내복 밑에 돈허고 편지가 있드랑게…….”

쿵! 나는 아차 싶었다.

"아무래도 느그 친정엄니 거허고 바뀐 거 같여서…….”

나는 죄송한 마음에 아무 말도 할 수 없었다. 그저 수화기만 만지작거릴 뿐.

"아가야, 난 암시랑토 않다고 말혔제? 난 증말로 괜찮다야. 느그들이 들고 간 고춧가루 있잖여? 내가 그 밑에 돈허고 편지허고 싸서 보냈응게 느 엄니한테 다시 부쳐드려, 잉?"

"어머니……, 죄…… 죄송해요."

"하이고! 죄송할 것 하나 없다."

"엄마가 혼자 계셔서……. 늘 죄송한 마음에……."

"에미야! 내가 니 맘 안당게. 충분히 이해허고 나는 괜찮여……."

'세상에……, 이런 바보 천치…….'

나는 전화를 끊고 내 머리를 콕콕 쥐어박았다.

시골 내려가기 전에 똑같은 내복을 두 벌 샀다. 그런데 아무래도 혼자 계시는 친정엄마 생각을 하니 마음이 짠해졌다. 그래서 고민 끝에 친정엄마 내복 밑에다 돈 오만 원과 함께 자주 찾아뵙지 못해서 죄송하다고, 사랑한다고 간단한 편지를 써서 포장해두었다. 그리고 나만 알게 표시를 해놓았는데 그걸 깜빡 잊고 덤벙대다 이런 실수를 하게 된 것이다.

이전에는 정말 조그만 선물을 해도 항상 똑같이 드리곤 했다. 아무래도 시어머니께서 서운해하시고 오해라도 하실까 걱정이 되어

다시 전화를 드렸다.

"어머니, 저기……. 친정엄마가 편찮으셨는데 찾아뵙지도 못해서 죄송한 맘에 그랬어요. 어머님께도 드렸어야 했는데……. 저희 형편이 너무 어려워서 저도 모르게……."

"야! 에미야, 나는 괜찮여. 느 시아버지도 계시고. 나도 늘 혼자 계신 느 엄니 보면 맘이 안 좋더라. 걱정 말어."

어머님께서도 딸이 셋이나 있어서 내 맘을 이해하신다며 다독거려주셨다.

어머님의 며느리가 된 지도 20년.

당신이 직접 농사지으셔 수확한 것 중 제일 맞나고 좋은 것만 골라서 1년 내내 부쳐주시고, 그저 자식들 바라보는 것만으로도 행복하시다는 시부모님. 언제나 딸들에게보다 더 많이 싸주시고, 좋은 것은 며느리 먼저 챙겨주시는 어머님.

그런 어머님 맘을 잘 알면서도, 성격이 내성적이라 표현도 잘 못 하고 애교를 부리지도, 살갑게 굴지도 못했다. 아직까지 그저 부모님이 주시는 거 받아만 먹는, 정말 염치없고 못난 며느리라는 생각뿐이다.

돌아오는 어머님 생신 때, 어머니 좋아하시는 갈비 해 갖고 가서 다시 한 번 죄송하다고 말씀드려야겠다. 그리고 함께 노래방에 가서 어머님 손 꼭 붙잡고 신나는 노래 많이 많이 불러드려야겠다.

백 원 때문에

보름 전에 강아지 한 마리가 우리 집의 새 식구가 되었다. 강아지 껌도 좀 사고, 맛있는 반찬거리도 사려고 남편과 할인 마트를 찾았다.

"나는 당신과 나란히 이렇게 쇼핑 오는 기 기분이 우째 이리 좋은지 모르겠다. 참말이다."

남편은 이런 말을 하며 얼굴 가득 웃음을 날렸다. 그러곤 내 어깨에 손까지 얹으면서 다정하게 애정을 표시한다.

차를 주차해놓고 입구로 들어가는데 줄지어 서 있는 카트들이 눈에 들어왔다.

'아차! 동전이 없네!'

카트는 백 원짜리 동전을 넣어야 사용할 수 있는데……. 순간, 주저하는 내 앞을 불쑥 가로막는 남편.

"백 원짜리 동전 또 안 갖고 왔나!"

남편이 버럭 소리를 쳤다.

"으응, 카드만 들고 동전을 못 챙겨 왔네."

남편의 다정했던 모습은 어디 가고 벌게진 얼굴과 격앙된 목소리만 왕왕거렸다.

"매번 올 때마다 대체 와 그라노! 정신 똑바로 안 차릴 거가!"

"그럴 수도 있지. 나만 그런가? 당신은 왜 못 챙겼는데?"

"뭔 말이 많노! 얼렁 동전 바꿔 와라! 이기 보통 일이 아이다. 보통 일이 아이야!"

씩씩거리는 남편을 뒤로하고 나는 일단 단말기에서 돈을 뽑고 만 원짜리를 천 원짜리로 바꾼 다음, 동전으로 교환하여 비로소 그 귀하고 귀한 백 원짜리 동전을 카트에 넣었다.

순간 눈물이 핑 돌았다.

'꼭 그렇게 소리치고 쥐 잡듯 해야 하나? 좀 자상하게 이야기할 수는 없을까?'

친구 경숙이 남편이라면 이랬을 것이다.

"당신, 오늘도 동전 갖고 오는 거 잊어버렸구나. 그럴 줄 알고 내가 갖고 왔지~."

경숙이 남편은 항상 말도 잘 들어주고, 언성을 높이는 법이 없다. 같은 경상도 남자라도 이렇게 다를 수 있을까? 남편은 화만 났다 하면 순식간에 돌변한다.

이번 일뿐만 아니라 옛날 일들까지 한꺼번에 떠오르면서 앞으로 계속 이렇게 살 생각을 하니 막막하고 한심해서 눈물이 자꾸 쏟아졌다.

남편은 카트를 몰고 씽 앞서 갔다. 나도 함께 뒤따라가서 개 껌 파는 곳에 서 있는 남편에게 따졌다.

"돈 백 원 안 갖고 왔다고 이 난리를 피워야겠어? 그냥 집에나 가! 이런 기분으로는 아무것도 못 해!"

그 말에 나를 노려보던 남편은 빠른 걸음으로 매장을 나가버렸다.

나는 눈물이 더 쏟아졌다. 죄 없는 개 껌만 만지작거렸다. 그런데 남편이 혼자 갔다고 생각하니 갑자기 오기가 생겼다. 그래서 씩씩하게 물만두도 사고, 돼지고기 양념 불고기도 샀다. 오늘이 마침 세일 마지막 날이라서 원 플러스 원 행사 물품이 많았다. 어느새 속상한 것도 잊고 이것저것 신나게 담았다.

들고 갈 일은 걱정도 안 됐다. 사람이 오기가 생기니까 쌀가마니라도 지고 갈 수 있을 것 같았다. 이렇게 많은 짐을 들고 혼자 당당하게 돌아왔노라고! 그 모습을 보여줘야지, 싶었다.

계산대 앞에서 순서를 기다리고 서 있는데 누가 쓱~ 다가왔다.

"많이 샀나?"

생각지도 않았던 남편의 출현이었다.

"나가서 담배 한 대 피우고, 같이 가려고 여태 기다렸다. 내가 간

줄 알았을 긴데, 우째 들고 갈라고 이리 마이 샀노? 아따 그 여자 통 크다이."

피식 웃음이 나왔다. 남편도 날 보더니 따라 웃었다. 참 철없는 애들이 따로 없었다.

"이제부터는 화 안 내야 할 긴데, 내도 성질을 못 참아서 탈이다."

"이제 화 안 내기로 약속해. 앞으로도 계속 이렇게 성질 고약하게 굴면 나 못 살아!"

"알았다. 고마, 다음부턴 백 원짜리 잘 챙겨 와라이~."

어느새 성격 좋은 남편으로 돌아와 있는 이 카멜레온 아저씨를 우째 해야 하는교?

유치원 선생님에서 농부의 아내로

아내를 만난 건 17년 전 농협에서 버섯 수매 기사로 일하던 때였다. 그때 아내는 인근 유치원 선생님이었다. 조카 녀석 재롱 잔치 때 먼저 가신 형님을 대신해 참석했다가 아내를 처음 만났다. 그런데 보는 순간 운명처럼 필이 딱 꽂혀버렸다.

조그만 체구에 작고 동글동글한 얼굴. 꽃사슴처럼 초롱초롱 빛나는 두 눈동자. 순수한 아이들과 지내서 그런지 무척 맑고 고운 아가씨였다. 그 후로 짬짬이 시간을 내 조카를 데려다 주고 데려오면서 서로 얼굴을 익혔다.

아내의 모습은 보면 볼수록 어른들께서 좋아하실 참한 아가씨라는 생각이 들었다. 그래서 나는 적극적으로 밀어붙였고, 시간이 흐를수록 그녀를 꼭 잡아야겠다는 욕심이 생겼다.

하지만 한편으로는 커다란 고민거리가 있었다. 결혼하기에는 집안 형편도 그리 넉넉하지 못했고, 또 형수님을 재가시키면서 맡게 된 조카 녀석이 있었기 때문이다.

하지만 다행히 그녀는 나의 이런 형편을 모두 이해해주어서 그녀의 집으로 인사를 드리러 가게 되었다. 그때 나는 속으로 결심했다. 장인, 장모님께서 내켜하지 않으시면 그녀를 놓아주리라고. 내 욕심 차리자고 그동안 정성 들여 키워주신 부모님과 그녀의 사이를 벌어지게 하고, 그 때문에 사랑하는 사람을 힘들게 할 순 없었기 때문이다.

그녀는 나중에 말해도 되니 지금 당장은 조카 얘길 꺼내지 말자고 했다. 하지만 난 그럴 수 없었다. 용기를 내어 그녀의 부모님 앞에서 모든 사실을 숨김없이 털어놓았다. 역시나 걱정했던 대로 장모님께서는 말이 끝나기도 전에 내가 어떻게 키운 딸인 줄 아느냐며 펄쩍펄쩍 뛰셨다. 그러나 아무 말씀 않고 묵묵히 내 말을 끝까지 귀담아 들어주시던 장인어른께서 말씀하셨다.

"한번 믿어보겠네……."

그 말씀에 난 넙죽넙죽 큰절을 몇 번이나 했는지 모른다. 잘 살겠노라고. 행복하겠노라고. 너무나 감사하고 또 감사하다고…….

하지만 세상사가 뜻대로 되지만은 않았다. 버섯을 재배한답시고 흙 한 번 안 만져보고 곱게 자란 아내에게 고생을 참 많이도 시켰다. 벼농사, 밭농사도 그렇지만 버섯 일 또한 남자 여자 일이 따로 없다. 새벽부터 한밤중까지 잠시도 허리 펼 시간이 없는 아주 힘들고 고된 중노동이다. 게다가 홀시아버지에 조카 녀석 뒷바라지까지…….

아마도 IMF 때가 가장 힘겨운 시절이었던 것 같다. 공산품 값은 한없이 폭등하는데 어찌 된 게 농산물은 일제히 바닥으로 곤두박질쳤다. 당시 모두가 먹고살기 힘들었다 해도 아마 농민들이 가장 힘들었을 것이다. 보통 때는 최상급이 한 박스에 만 오천 원에서 이만 원 사이였는데, 그땐 잘해봤자 이삼천 원이었다.

보다 못한 아내가 팔을 걷어붙였다. 조금이라도 더 받아보겠다고 버섯 장사를 시작한 것이다.

버섯은 하루에 못해도 두 번은 들여다봐야 한다. 아내의 하루 일과는 다음과 같았다. 새벽 두세 시에 일어나 버섯을 다 따놓고, 식구들 아침밥을 해 먹인 후, 오토바이로 아이들을 학원까지 태워다 준다. 그리고 아침밥을 뜨는 둥 마는 둥 급하게 먹고 따놓은 버섯을 가지고 아침 장사를 나간다. 그러고는 점심 무렵에 돌아와 아버님 점심 챙겨드리고, 오후 두 시에 또 버섯을 딴다. 다섯 시경에 다시 버섯을 들고 시장으로 나가, 아침 버섯은 직접 소매로 팔고 오후에 가지고 나가는 버섯은 주변 식당에 납품을 한다.

하루는 아내가 허리가 안 좋으신 아버님을 모시고 시내 병원에 갔다. 아버님이 물리치료를 받으실 동안 아내에게 뜨끈한 순댓국이라도 사 먹일까 해서 데리러 갔다. 아내는 시장 바닥에 쪼그리고 앉

아 풀빵으로 허기를 달래고 있었다. 그 모습을 보니 가슴이 콱 미어
졌다.

'내가 저 고생을 시키려고 데려온 건 아닌데……'

멀리서 아내가 풀빵을 다 먹을 때까지 기다리는데 하마터면 눈물
이 날 뻔했다. 그날따라 날씨는 왜 그리도 매섭던지.

조카 녀석은 제과 제빵 기술학교를 마치고 얼마 전부터 백화점
안에 입점해 있는 제과점에서 실습생으로 일하고 있다. 그 녀석이
며칠 전 뜬금없이 아내 앞으로 편지를 보내왔다. 난 그때 처음으로
아내의 눈에서 눈물을 보았다. 아무리 힘들어도 눈물을 보이지 않
던 사람이었다. 조카 녀석이 혹 제과점에서 무슨 사고를 친 것은 아
닌가 걱정이 앞섰다.

"나도 그 편지 좀 볼 수 없을까?"

"왜 남의 편지를 봐요?"

아내는 절대로 보여주지 않았다. 할 수 없이 나는 아내가 장사를
나간 틈을 타 편지를 몰래 보았다. 아, 그런데 녀석의 편지는 '사랑
하는 어머니께'로 시작되고 있었다. '어머니'란 그 말 한 마디에 억
척스런 아내의 울음보가 터지고 만 것이다.

사실 조카 녀석은 자라면서 속을 많이 태웠다. 걸핏하면 학교 간
다며 나간 녀석이 며칠씩 무단결석하고, 고등학교 2학년 땐 패싸움
에 끼어들었다가 경찰서까지 들락거리고……. 아내도 조카 녀석에

게 한다고는 했는데 그래도 딴엔 서운한 점도 있었고, 말은 안 해도 낳아준 친부모가 무척 그리웠나 보다. 녀석은 버려진 자식이란 생각에 사춘기를 보내며 방황했다. 물론 많이 힘들었을 것이다. 하지만 그런 녀석이 아내의 맘을 받아들이게 된 걸 보니 한결 마음이 놓이고 정말이지 이젠 녀석이 다 큰 것만 같다.

요즘 아내는 바쁘다. 며칠 있다 서울 가서 조카 녀석 김치라도 담가주고 온다며 아침 장사도 쉰 채 밤낮없이 집안 정리를 하고 있다. 조카 녀석이 며칠 전에 일을 하다가 오른쪽 팔에 화상을 입었다는데 맘 약한 아내, 그날 조카 녀석을 보면 또 얼마나 눈물을 쏟아낼는지.

오후 장사를 나가는 아내에게 큰딸이 자기 감기약을 부탁하며 "엄만 어떻게 그 흔한 감기 한 번 안 걸려?"라고 묻자 아내가 대답했다.

"너무 바빠서 아플 시간도 없다."

그 말이 또다시 내 가슴을 한없이 아프게 한다.

"여보, 난 정말 한 여자로서의 삶보다는 힘겨운 고난 속에서도 며느리로서, 아내로서, 어머니로서의 자리를 꿋꿋하게 지키며 열심히 살아온 당신의 삶을 존경해. 그리고 당신을 영원토록 사랑해."

남편의 발

올해 초등학교 1학년인 아들은 내가 볼 땐 남편보다 훨씬 멋지고 보기만 해도 흐뭇하다. 키도 자기 반에서 제일 크고 피부도 하얗고 얼굴 생김새도 남자답게 잘생겼다.

"아들을 낳으려면 저 정도는 낳아야제. 참 아들 하나는 잘 낳았구먼."

동네 할머니들조차 아들을 보면 이렇게 말씀하신다. 그런데 그렇게 칭찬을 하시다가도 남편을 보면 그 말이 쏙 들어가 버린다. 내가 정말 듣기 싫어하는 말 중의 하나가 바로 아들보다 아버지가 낫다는 말이다. 내 눈엔 그저 그런 평범한 남편이 남들 눈에는 그리 안 보이는가 보다.

남편과 나는 캠퍼스 커플이었다. 친구 이상의 감정을 가지지 않았던 나와는 달리, 남편은 날 무척이나 좋아했다. 그리고 결혼 후엔 당연히 나에게 잡혀 살았다.

아침잠이 많다는 이유로 아침 한 번 제대로 챙겨준 적이 없는 내게 불평 한 번 없고, 오히려 내가 깰까 봐 조용히 문을 잠그고 나가는 남편이었다. 신혼 초부터 시작된 나의 잘난 척하는 버릇은 아들 녀석 때문에 시댁에서조차 무소불위의 권력을 누리게 되었다. 아버님께서는 "대를 잇게 해줘서 고맙다. 아들을 낳아 한 집안의 며느리로서 할 도리를 다했다"라는 말씀까지 해주셨다.

안 그래도 뻣뻣한 목에 장손까지 낳았으니 무서울 게 없었다. 그래서 결혼한 지 8년이 되었지만 아침 일찍 일어나는 날은 시부모님 생신 때와 명절뿐이었다.

이런 나에게 더 힘을 실어주는 결정타가 생겼으니 바로 남편의 실직이었다. 난 남편의 카드를 모두 회수해 집안의 경제권을 확실히 챙기게 됐다.

몇 달 동안 새 직장을 구하지 못한 남편은 전보다 더 많이 내게 신경을 썼다. 전엔 한 번 하던 설거지도 두 번 하는가 하면, 시키지도 않았는데 알아서 청소기를 돌렸다.

시댁에 갔더니 시어머님께서는 "내가 너 볼 낯이 없다" 하시며 미안해하셨다. 그러니 내 목은 뻣뻣하다 못해 뒤로 넘어갈 지경이었다.

그런데 그날도 면접이다 뭐다 여기저기 취직자리 알아본다며 나간 남편이 밤 열두 시가 넘어서 들어왔다. 난 남편이 들어오든 말든

"얼른 씻고 와. 발이 이게 뭐야?
내가 마사지해줄게."

신경도 안 쓰고 텔레비전을 보다 방으로 들어갔다. 씻지도 않고 자는 남편을 깨울 요량으로 남편의 양말을 벗겼다.

그러다 내 권력을 하루아침에 무너뜨린 범인을 보게 되었으니, 그것은 다름 아닌 남편의 발. 아마도 결혼 후 남편의 발을 제대로 본 게 그날이 처음이었던 것 같다. 발바닥은 오랜 가뭄 끝에 쩍쩍 갈라진 논바닥보다도 더 심했다. 얼마나 힘들게 뛰어다녔으면 발바닥이 이리도 처참하게 갈라졌을까. 그동안 나는 행여 발뒤꿈치가 갈라지지는 않을까 하는 생각에 호사스럽게도 발 크림으로 치장을 했는데……. 그날 내 발이 왜 그렇게 부끄러운지 감추고만 싶었다.

살며시 남편의 발을 만졌다. 잠이 깬 남편은 영문을 모른 채 날 쳐다보았다.

"얼른 씻고 와. 발이 이게 뭐야? 내가 마사지해줄게."

남편은 괜찮다며 극구 사양했다.

그날 이후 나는 밤마다 남편의 발을 정성 들여 가꾼다. 아무것도 모르는 남편은 웬 호강이냐며 마냥 좋아한다.

"여보! 그동안 내가 너무 무심했지? 정말 미안하고 사랑해요."

선물 받은 미역국

며칠 전 일이었다. 그날은 내 생일이었지만, 굳이 나 때문에 미역국을 끓이기도 뭣해서 간단한 아침상으로 남편을 출근시켰다. 그리고 큰딸을 학교에 보낸 뒤 5개월 된 둘째와 놀아주었다.

막 잠들기 시작한 아기를 다독이고 있을 때 초인종이 울렸다. 현관 밖에는 택배 아저씨가 큰 박스를 하나 들고 서 있었다.

"어디서 온 거예요?"

"진도에서 보낸 건데요."

잘 포장된 박스 안에는 혼자 계신 어머님의 정성이 듬뿍 담겨 있었다. 깨끗하게 손질된 생선과 소라 등이 투명 봉지에 담겨 있었고, 겉은 몸에 좋다는 마른 다시마로 일일이 싸여 있었다.

각 봉지마다 생선 이름과 요리 방법이 적혀 있었다.

"우럭은 막 잡아 내장을 빼고 급속 냉동시킨 거니 바로 회를 떠서 먹어라."

"장어는 양념하지 말고 먹을 만큼만 꺼내 불판에 구워 기름장이
나 겨자 푼 간장에 찍어 먹어라."

"이건 된장국 끓일 때 한 주먹씩 넣어 먹어라."

봉지마다 담긴 어머님의 정성에 감탄할 뿐이었다. 그런데 무엇보
다도 나를 감동시킨 것은 바닥에 깔려 있던 얼음 봉지였다. 얼마나
포장을 잘하셨던지, 그 먼 길을 왔음에도 전혀 녹지 않은 얼음 덩어
리가 손에 잡혔다.

"어젯밤에 끓인 미역국이다. 여자는 자기 생일이라고 미역국도
안 끓여 먹는데, 앞으론 그러지 마라. 내가 직접 해줘야 하는
데……."

늘 그래 왔듯이 생일 아침에 미역국도 안 끓여 먹는 나를 위해,
어머님이 손수 끓이신 국을 냉동시켜 보내주신 거였다.

순간 죄송한 생각이 들었다. 늘 먼 곳에 떨어져 있다 보니 결혼
8년째가 될 때까지 한 번도 어머님 생신 상을 차려드리지 못했던
것이다. 열심히 살아도 늘 팍팍해 보이는 우리를 위해, 어머님은 퇴
임하신 후에도 먼 섬 마을 보건소에 계약직으로 근무하고 계신다.
올해가 마지막인데 "내 조금만 더 일해 너희와 같이 살 집을 마련
해서 오마" 하시며 또 3년을 연장하셨다. 해가 뜨기 전에 출발해도
그날로 도착하지 못하는 섬 마을에서 백구 한 마리 친구 삼아 3년
째 살고 계신다.

박스를 정리도 못 한 채 착잡한 심정으로 멍하니 앉아 있었다. 어머님 눈에는 아직도 우리가 듬직해 보이지 않으시나 보다. 아무리 열심히 살아도 늘 경제적으로 쪼들리니……. 언제쯤 어머님께 든든한 아들 내외가 될 수 있을지 가슴이 먹먹해진다. 속상한 마음에 흘렸던 눈물을 손등으로 닦아내고, 기운찬 목소리로 어머님께 전화를 드렸다. 비록 몸은 떨어져 살고 있지만 마음만은 늘 곁에 있다는 걸 어머님도 알아주실 거라 믿는다.

올해 어머님은 환갑이시다. 가족 친지 분들과 어머님 친구 분들을 모시고 간소하게나마 식사 대접을 하려 한다. 그래서 생활비를 줄여 몇 달 전부터 모아오고 있다. 더 모을 수 있다면 우리 결혼 후 처음으로 어머님 모시고 가까운 곳에 여행이라도 다녀오고 싶다.

남들은 고부간의 갈등으로 힘들어한다지만 어머님과 난 세상에서 둘도 없는 사이이니 이보다 더 행복할 수 있을까…….

시아버지는 주방장

아줌마들은 달력을 넘기다가 명절 연휴가 있는 달을 맞으면 턱 하고 숨이 막힌다. 나 또한 마찬가지다. 그런데 지난 설 이후로 명절이 두렵지만은 않게 되었다. 오히려 기다려지기까지 한다.

지난 설이었다. 부산 시댁으로 명절을 보내려고 고속도로를 이용했다. 그런데 어찌나 밀리고 답답하던지……. 게다가 임신 8개월의 묵직한 몸이라 무척 힘겨웠다. 한겨울인데도 식은땀까지 흘렸다. 시아버지와 휴대전화로 고속도로 상황 생중계를 일곱 시간이나 해가면서 겨우 도착했다.

아버님은 키가 무려 181센티미터이고, 몸무게는 98킬로그램이나 되는 거구시다. 우리 큰딸 수민이는 항상 시댁 아파트 문을 들어서자마자 울음을 터뜨린다. 바로 이 소리 때문이다.

"수민이 왔나아. 할비에게 와봐라아! 어이~."

우리 아버님의 우렁찬 목소리와 터프한 부산 사투리는 서로 어울려 단 3초 만에 수민이를 울보로 만들어버린다. 아버님의 우렁찬 목소리에 적응하려면, 어른도 2박 3일은 들어야 귀 볼륨 조정 장치가 적당하게 조절이 될 수 있을 정도다.

도착하자마자 어머님과 나는 장을 보러 시장에 갔다. 그런데 어머님은 무언가에 쫓기듯 서둘러 장을 보셨다. 이유는 알 수 없었다.

집에 도착하신 어머님은 살금살금 아버님 방 쪽을 살피시더니, 통쾌한 표정으로 주방으로 오셨다. 동서와 나는 튀김을 맡고, 어머니는 이미자의 '동백 아가씨'를 흥얼거리시며 전 부칠 재료를 준비하기 시작했다.

어머니는 새우, 연근, 고구마, 오징어와 몇 가지 야채를 주시면서, 바삭바삭하게 만들자며 두 며느리와 가지는 오붓한 시간이 즐거우신 듯 마냥 웃으셨다.

"어머님, 그냥 튀김옷 입히고 튀기면 되나요? 밑간은 안 해도 되고요?"

"암, 내가 다 정리해뒀다. 느그들은 기름에 튀기기만 하면 된다. 퍼뜩 튀기라."

어머님의 대답은 단호했다.

기름에 바삭바삭 튀겨져 나오는 새우와 오징어, 연근, 고구마, 깻잎, 고기를 얹은 표고버섯……. 보기만 해도 침이 꿀꺽 넘어갔다.

어머님께서는 어릴 적 아들들의 엉뚱했던 에피소드를 연방 들려주셨다. 호호 깔깔 소리에 낮잠에서 깨신 아버님이 주방으로 터벅터벅 걸어오셨다. 죄송한 마음에 예쁜 접시에 튀김을 골고루 담아 아버님께 맛 좀 보시라고 드렸다. 새우며 표고버섯, 연근까지 순식간에 튀김을 대여섯 개 드신 아버님 얼굴이 갑자기 굳어졌다. 순간 동서와 나는 바짝 긴장했다.

나는 무엇이 잘못됐나 싶어 아버님께 여쭤봤다.

"아버님! 왜 그러세요?"

"이거 누가 튀겼나? 어이~!"

아버님의 호통에 동서가 얼른 대답했다.

"저랑 형님이 튀겼는데…… . 맛이 이상하세요?"

"그럼 누가 밑간 했나? 수민 에미가? 정희 에미가? 아님 할마시가 했나? 소금 넣었나 안 넣었나?"

잠자코 듣고 계시던 어머님이 대답하셨다.

"안 넣었다! 새우랑 오징어는 바다에서 놀던 아들이니까 안 해도 되고, 연근이랑 고구마, 표고버섯은 당신 잘 안 묵으니까 소금 안 넣었다."

"니! 알고도 간 안 했으믄 살인이다! 살인!"

여태껏 들었던 아버님 목소리 중에서도 가장 큰 목소리였다. 거실에서 자고 있던 수민이가 놀라서 깨고, 배 속에 있는 우리 둘째가 놀라 발길질을 할 정도였다.

지리산 호랑이를 만난 것처럼 오싹한 아버님의 우렁찬 소리에 나
와 동서, 수민이까지 놀랐지만 어머니는 아무렇지도 않으신 듯했
다. 그도 그럴 것이 40년 넘게 살아오면서 귀가 단련이 되신 것이
다. 소금 간 안 했다고 그렇게 극단적인 표현까지 사용하시면서 얼
굴이 붉으락푸르락해지신 아버님. 두 며느리는 가슴 저 아래서 키
득키득 웃음 꼬리가 용솟음치는 걸 간신히 참아내야 했다.
　　사실 아버님은 보통 사람들보다 짜고 맵게 드시는 편이고, 어머
니는 아예 간을 안 해서 드실 정도로 완전히 극과 극이다.
　　아버님의 등장으로, 낮잠 주무시는 동안 음식 준비를 다 끝내시
려던 어머님의 전략(?)이 무산되는 순간이었다. 아버님은 어머님
을 비롯해 나와 동서까지 이젠 믿지 못하는 눈치셨다. 아예 식탁에
자리 잡고 앉으셔서 한 발짝도 움직이지 않으셨다.
　　그 시간 이후로 설음식 준비는 아버님 감독하에 철저히 이루어졌
다. 그런데 일이 또 터지고 말았다. 꼬치 전이 약간 타고 만 것이다.
　　그걸 보신 아버님이 "이걸 어찌 무그라꼬? 다 버리뻐라! 내 약
올리려고 니 일부러 그랬나? 완전 시컴댕이 만들어놨네!"하시는
거다.
　　이에 질세라 어머님은 "나뚜라! 내가 무글게"라며 받아치셨다.
　　상황이 이쯤 되자 재롱둥이 우리 막내 도련님이 주방으로 들어와
서 한마디했다.

"아부지, 내가 다 무글게, 걱정마라. 엄마~ 까만 꼬치 이것만 있나? 더 없나? 잘 꼬실라졌네. 난 탄 게 더 맛있다!"

다행히 도련님의 애교로 아버님과 어머님의 2라운드는 살며시 사그라졌다. 하지만 아버님은 식탁에 큰 그림자를 드리우며 양념 하나하나까지 검사받도록 지시하셨다.

"아버님, 소금 더 넣어야 될까요?"

나물을 무치며 내가 문자 밑반찬을 만들던 동서는 "아버님, 고춧 가루 더 넣을까요?"라며 물었다.

어머님 또한 "호박 지짐 간이 맞나 보소" 하며 감독관의 지시를 기다리는 처지가 되었다.

오후 두 시에 시작한 설음식 장만은 새벽 두 시가 돼서 끝이 났고, 아버님은 거실 청소가 끝날 때까지 우리 옆에서 어머님과 토닥 토닥 신혼부부처럼 말다툼을 하셨다. 그러나 아버님의 간섭이 오히려 즐겁기만 했던 한 것은 왜였을까.

투박한 부산 말씨에 터프한 아버님. 실은 음식 장만하느라 힘드신 어머님 곁에 있어주고 싶으신, 아버님의 깊은 마음을 읽을 수 있었기 때문이다.

동서와 내 눈치를 보시면서 살짝살짝 어머님 어깨도 주물러주시고, 어머님에게 "비키라! 내가 하는 게 훨씬 낫겠다! 니는 가서 잠이나 자라" 하시면서 부침 주걱까지 뺏어 들기도 하셨다.

다정하신 아버님은 어머님이 불 옆에서 오랫동안 음식 장만을 하는 게 안쓰러우셨던 거다. 왜냐하면 어머님이 마흔 살에 큰 화상을 입어서 6개월을 병원에 입원하셨던 일이 있었기 때문이다. 임신 8개월의 무거운 몸을 하고서 늦게까지 허리 한 번 못 펴고 있는 큰 며느리에게 미안하셔서, 어머니를 빼내시지 못하고 대신 식탁에서 꼼짝도 못 하신 거다.

우리가 거실을 걸레로 닦고 있는 동안, 아버님은 손수 내일 아침 먹을 사골 우거짓국도 끓이시고, 음식물 쓰레기도 버려주시고, 어머님 돌 침대도 따뜻하게 데워놓으셨다.

말씀은 무뚝뚝하게 하시지만, 152센티미터 아담한 체구의 어머님을 181센티미터 아버님의 키만큼 사랑으로 가득 채우시고, 그 속에 어머님을 가득 안고 사시는 우리 아버님! 이 얼마나 멋진 부산 사나이신가!

아버지,
지금 그대로의 모습을 사랑합니다

아이를 유치원에 보내고 부랴부랴 일터로 향한다. 내 일터는 대여섯 걸음 정도 떨어진 친정집이다. 문을 열면 일에 열중이신 아버지와 어머니가 내가 해야 할 몫의 일들을 수북하게 쌓아놓고 나를 기다리고 계신다. 그렇게 나의 하루는 시작된다. 남편은 아버님 정신도 온전치 못하신데, 어떻게 일을 하시느냐고 말렸지만 나는 고집을 피웠다.

아버지는 지난겨울 추운 새벽에 영문도 모른 채 길에서 쓰러지셨고, 아홉 시간 동안 뇌 수술을 받으셨다. 그리고 한동안 의식을 회복하지 못하시다가 정말 기적적으로 일어나셨다. 하지만 아버지는 예순다섯의 지난 세월을 모두 잃어버리는 혹독한 대가를 치르셔야만 했다.

그렇게 기억을 모조리 잃어버린 아버지는 하루 종일 똑같은 자리에 표정 없이 앉아 계셨다. 자식으로서 죄스럽기만 했다.

궁리 끝에 찾아낸 것이 부업이었다. 사고 전 아버지는 잠시도 가만히 계시지 못하고 늘 일을 찾아 움직이셨던 부지런한 성격이었다. 또 연세 드신 분일수록 일을 하는 게 정신 건강에도 좋다는 말도 들은 터였다.

주인아주머니의 소개로 적당한 부업거리를 찾았다. 일본으로 수출하는 도시락을 포장하는 일이었다. 도시락은 두 개가 한 조인데 밥을 담는 통과 반찬을 담는 통을 고무 밴드로 끼운 다음, 비닐봉지에 넣어서 접착테이프를 붙여 마무리하면 하나에 십 원이었다. 처음 봤을 땐 별로 어려워 보이지도 않고, 돈도 되겠다 싶었는데 해보니 결코 만만치 않았다.

먼저 고무 밴드 잇는 일이 어려웠다. 그래서 어머니와 나는 고무 밴드를 다 만들어놓고 나서 일을 했다. 다음 일은 만들어놓은 고무 밴드에 통 두 개를 끼우는 건데 그건 어머니 몫이다. 다음은 아버지가 하실 일인데, 어머니가 주신 그 통을 비닐봉지에 넣는 것이다. 그러면 내가 그 비닐봉지 양쪽을 접착테이프로 붙이면 된다. 그렇게 분업을 하니 좀 수월해졌다. 손으로는 부지런히 일하고 입으로는 이런저런 얘기를 하니, 하루 종일 시간 가는 줄 모르고 또 반찬 값도 벌곤 한다.

완성된 도시락이 어느 정도 쌓여 아버지께 큰 박스에 넣어달라고 했다. 도시락을 몇 개나 넣었는지 기억해야 하기에 좀 힘드셨을 것이다. 사고 후 계산 능력이 많이 떨어지신 아버지께 조금이라도 기억을 되찾아드리고 싶어서 그 일을 권했다.

그런데 아버지는 정말 박스 하나 채우기가 무척 힘드셨나 보다. 담았던 통들을 몇 번씩이나 꺼냈다가 세고 다시 담고 하시는 것이었다. 박스 맨 밑바닥에 가로로 아홉 개, 세로로 다섯 개 넣으면 마흔다섯 개가 되는데 그게 안 되는 거였다. 그 모습에 가슴 아파 얼마나 울었는지 모른다. 그래서 나는 다시 구구단을 가르쳐드려야겠다는 생각에 이르렀고, 일하면서 아버지 어머니와 구구단 놀이를 했다.

아버지의 계산 능력은 없어진 게 아니라 잠시 잠자고 있었나 보다. 시간이 좀 흐르니 점점 구구단을 다시 기억해내셨다. 그러나 밑바닥에 마흔다섯 개를 깔고 위로 일곱 줄 올리는 계산은 역시나 어려우셨던 것 같다. 다시 박스를 거꾸로 엎어서 다 쏟아내고는 다시 넣으신다. 또 박스가 다 채워지면 숫자만 중얼거리면서 안절부절못하신다.

나는 볼펜을 들고 박스에다가 곱하기 더하기를 그리면서 산수를 가르쳐드렸다. 다행히 아버지는 하나를 가르쳐드리면 열을 알아채셨다.

부업 후 아버지는 몰라보게 달라지셨다. 하루 종일 말 한마디 없이 텔레비전만 보시던 분이, 나의 이런저런 우스갯소리에 얼굴을 찡그리시기도 하고 웃으시기도 하여, 나와 어머니를 한없이 행복하게 해주신다. 이젠 구구단도 다 외우게 되셨는데 아버지는 눈물까지 글썽이며 무척 좋아하셨다.

그리고 며칠 전 아버지와 어머니를 모시고 작은 음악회에 가던 날이었다. 아버지는 한껏 멋을 부리고 아주 즐겁게 집을 나서셨다. 방송국 앞에서는 맛있는 냉면까지 사주셨다. 그동안 부업해서 돈 많이 벌었다고 한턱낸다면서 기분을 내시는데 어찌나 즐거워 보이던지 덩달아 행복해졌다.

며칠 동안 아버지는 일을 하시면서도 내내 그 음악회 이야기로 시간 가는 줄 모르신다. 더도 말고 덜도 말고 지금처럼만 아버지께서 오래오래 내 곁에 계셨으면 정말 좋겠다.

봉사 활동이 맺어준 인연

남편을 처음 만난 건 대학에 들어간 후 첫 미팅 때였다. 선머슴 같던 내가 20년 만에 처음으로 치마를 입고 미팅 장소에 나갔다. 그런데 5 대 5 미팅에서 남자 쪽 한 명이 나오지 않았다. 더욱 기가 막힌 사실은 나만 빼고 다른 네 친구는 벌써 짝이 정해져 있다는 것이었다.

한 친구가 조금 있으면 멋진 남자가 한 명 올 테니 실망하지 말라고 했다. 나는 그 사람하고 커플을 하면 된다면서……. 조금은 당황스러웠지만 내심 어떤 사람일까 기대하고 있었다. 그렇게 30분이 지났을까?

"저기, 혹시 미팅 하러 오신 분 맞죠? 죄송해요. 제가 일이 좀 생겨서 늦었습니다."

지금 생각해봐도 그때 남편의 모습은 만화영화 주인공 머털 도사 같았다. 허름한 옷을 입고 머리 덥수룩한 그 머털 도사.

"사죄하는 의미로 맛있는 거 사드릴게요. 뭐 좋아하세요?"

겉모습에 마음이 상한 나는 그냥 가보겠다고 일어섰다. 그 일이 있은 후로 미팅에 대한 기대나 설렘은 산산이 부서져버렸다. 친구들이 미팅을 가자고 아무리 졸라도 꿋꿋했다. '내 힘으로 왕자님을 만날 거야' 라는 믿음을 가지고 하루하루를 보냈다.

그런데 인연이라는 게 있긴 있나 보다. 방학 때 봉사 활동을 신청하고, 한 달 동안 하루에 다섯 시간씩 장애아들을 돌보기로 마음먹었다. 교수님과 친구들과 함께 복지관을 방문했는데 어디서 많이 본 듯한 남자가 그곳에 있었다.

'아~ 미팅 때 본 그 남자! 뭐, 하루쯤 봉사하러 왔겠지' 하고 무심코 넘어갔다.

처음 하는 봉사 활동이라 그런지 아이들을 씻기고 달래는 게 여간 힘든 일이 아니었다. 그런데 식당 한편에서 아이를 재우듯 무릎에 앉히고 밥을 조금씩 먹여주는 남자가 있었다. 자세히 보니 바로 그 남자였다. 이상하게 그쪽으로 자꾸 눈길이 갔다. 참 묘한 느낌이 들었다. '천사 같다' 라는 느낌이었다. 외모는 영 아닌데 그 외모가 예뻐 보이는 거였다.

아무튼 그때부터 호기심이 하나 둘 생겨났다. 그래서 복지관 원장님께 살짝 "저 남자 어떤 사람이에요?" 하고 여쭤봤더니 입에서 칭찬이 그칠 줄을 몰랐다. 중학교 때부터 쉬는 날이면 빠지지 않고 와서 봉사 활동을 한다고, 저런 사람 세상에 없다고 하시는 거였다.

어느 날 남편과 마주친 나는 먼저 알은척을 했다. 그랬더니 남편은 그때 상황을 기억해내곤 사실은 그날도 아이들 돌보느라 늦었다고 했다. 우리는 그렇게 봉사 활동을 하면서 서로에게 마음이 끌리기 시작했다.

지금도 일요일이면 우리 부부는 대학교 시절 그 복지관에 가서 봉사 활동을 한다. 다섯 살 난 아들과 함께 말이다. 매달 받는 월급의 10퍼센트도 후원하고 있다.

남편을 보며 항상 자신을 낮추고 남을 위해 봉사하는 마음을 배우게 된다. 착한 남편을 둔 지금 이 순간이 너무나도 행복하다.

복숭아 한 상자의 감동

막바지 더위가 기승을 부리던 8월 중순, 그날은 시할머니의 기일이었다. 10년 만에 찾아왔다는 무더위 속에 장을 본다는 게 쉬운 일이 아니었다. 2주 전부터 긴장이 몰려오더니 급기야 왼쪽 눈의 실핏줄이 터져 충혈된 눈으로 장을 봐야 했다.

"나 아니면 누가 하랴? 어차피 맞을 매인데 이왕 하는 일 즐겁게 하자"라며 늘 다짐에 다짐을 거듭하건만 나이가 나이인지라 하루가 다르게 꾀가 나고 힘이 드는 게 요즘의 컨디션이다.

그날도 아침부터 서둘러 전을 부쳤다. 찜통 같은 날씨에는 오후로 갈수록 컨디션이 나빠짐을 알기에 혹여 일가친척을 맞이하고 낯붉히는 일이 있을까 싶어 서둘렀다. 식구들 점심까지 챙겨주고 잠시 눈을 붙인다는 것이 깜빡 잠이 들고 말았다.

두런두런 소리에 눈을 뜨니 막내 시누이가 와 있었다. 마침 일요일이라 도와주려고 교회에 갔다가 집에도 안 들르고 왔다고 한다.

시누이의 말만이라도, 마음만이라도 고마웠다. 늘 입버릇처럼 말하지만 빈말 한 번 하지 않는 시누이의 성격을 알기에 나는 말 한마디에 천군만마를 얻은 양 기운이 났다. 그런데 마루 한쪽에 웬 먹음직스런 복숭아 한 상자가 큼직하게 자리를 잡고 있었다. 본시 복숭아는 털 있는 과일이라 하여 제사상에 안 올리는 걸로 알고 있었다.

나는 의아하게 생각하며 시누이에게 물었다.

"애기씨! 이게 뭐예요?"

"맛있어 보여 그냥 사 왔어요."

"그냥 사 와도 그렇지, 한두 개도 아니고 이 비싼 걸 이리 많이 사오셨수? 한두 푼 하는 것도 아닐 텐데."

"뭘요, 이리 사 오지 않으면 어디 언니 입으로 들어가기나 하겠어요? 그래도 언니가 제일 좋아하는 과일인데."

순간 떠오르는 생각이 있었다. 그러니까 1년 전쯤, 늘그막에 남편의 카드 빚 때문에 집을 처분해야 하는 기막힌 일이 생겼다. 그 속상함을 친정 식구 누구에게도 털어놓지 못하고 전전긍긍하다 막내 시누이에게 하소연하듯 얘기한 적이 있었다. 그간 남편에게 시집와 산전수전에 공중전까지 치른 과거사까지 들춰가며 야속함을 털어놓다 복숭아 이야기를 한 것이다.

"애기씨! 오빠가 얼마나 이기적인지 아세요? 만날 자기 먹을 술은 사 들고 다녀도 저 위해 뭐 하나 들고 다니는 법이 없어요. 술만 먹었다 하면 '노환인 시할머니에 중풍 걸린 시아버지, 암 투병 중인 시어머니 모시느라 애쓴 우리 마누라 호강시켜줘야지' 하고 말하기에 제가 언제 한번 그랬지요. 호강? 그거보다 대문 밖에 나가면 지천으로 널려 있는 과일이라도 내가 젤로 좋아하는 걸로, 그것도 성한 걸로 사다 달라고요. 여름이면 복숭아 좋아하니 그거 한두 개면 족하고, 가을이면 잘 익은 홍시를 좋아하니까 많이도 말고 한두 개만 사달라고요! 그게 당장 눈에 보이는 호강이라며 자존심을 접고 얘기했는데 오빠는 빈말에 공약만 늘어놓았지, 그거 한 번을 안 사다 주더라고요."

"어머머, 큰오빠가 그랬어요? 언니 고생한 거 보면 머리털을 뽑아 짚신을 삼아줘도 부족하고, 무등 태워 삼천포까지 내려가도 흥거리가 아닐 텐데, 그깟 복숭아에 홍시가 몇 푼이나 된다고 울 언니를 그리 섭섭하게 했을까?"

사실 말해놓고도, 내가 주책이지 하면서 내 입을 두어 번 때리면서 후회했는데, 막내 시누이는 나의 주책스런 그 한마디를 기억하고 있었던 것이다.

난 가슴이 뭉클했다. 그깟 복숭아며 홍시 하나 못 먹을 형편이겠냐만 층층시하에, 올망졸망 시동생, 시누이에 아이들까지 거느리고 살자니 내 주변머리로는 쉬운 일이 아니었다. 나만을 위한 복숭아를 보니, 이 더운 날씨에 콧구멍이 시큰거리는 게 충혈된 눈이 시리다 못해 쓰렸다. 주책없는 내 한마디에 복숭아 한 상자를 선뜻 사오기가 어려운 게 시누이의 요즘 형편이다.

지나간 과거지만 시누이도 한때는 50여 평 아파트에서 사모님 소리 들어가며 떵떵거리고 살던 시절이 있었다. 그런 시누이가 사업 실패로 벼랑 끝에 몰렸다가, 두 내외가 밤낮으로 뛰어다니며 일을 해 대학생 둘을 키우며 근근이 살고 있는 형편이다. 시누이 살림도 늘 마음에 걸렸는데 이렇게 귀한 선물이라니…….

나 역시 사는 게 넉넉지 않아 시누이를 도와주지 못했다. 그저 마음만이라도 의지하고 동병상련의 심정으로 하소연 한번 한 것뿐이었다. 그런데 이 못난 올케 마음 놓고 먹어보라고 이렇게 배려한 게 왜 그리 마음이 아프고 시린지 모르겠다.

마음 같아선 복숭아 값을 주고 싶은데, 그 돈을 받을 시누이가 아니다. 오히려 맛있게 먹어주는 것이 시누이에 대한 도리라 생각하고 마음을 접었지만, 목구멍에 묵직한 복숭아씨라도 하나 걸린 양 짠한 마음을 이루 말할 수 없다.

"고마워요! 정말 먹고 싶었는데 애기씨가 올여름 섭섭지 않게 해주네. 내 소원 풀었어요."

한마디하고 몇 개를 씻어 껍질을 훌훌 벗기며 모두 둘러앉아 먹기 시작했다. 달콤하고 새콤한 과육이 베어 물 때마다, 목으로 손가락 사이로 흘러들며 살살 녹는다. 우리 시누이 경자의 고운 마음처럼…….

"고마워요, 애기씨. 올여름 최고의 선물이었다우. 시할머니 제삿
날, 애기씨 덕에 하나도 힘 안 들고 뿌듯했다우. 육십 평생에 이리
맛있는 복숭아도 드물었다우. 지난 시집살이며 서운한 감정이 어쩜
이리 녹아내리우. 사람이 다들 그렇게 살아가나 보우."

순대 없는 순댓국

얼마 전 남편과 나는 정말 재미있는 경험을 했다. 시댁에 들러서 산소의 풀도 베고 소나무 가지도 쳐주고 돌아오는 길이었다. 어머님이 해주신 청국장에 밥을 두 공기나 먹었는데도 또다시 허기가졌다. 때마침 도로 옆에 순댓국 집이 있기에 그곳으로 들어갔다.

낡은 유리문을 열고 들어선 그 집에는 손님은 없고 고등학생으로 보이는 여학생 두 명과 함께 아저씨 한 분이 텔레비전을 보고 계셨다. 큰딸인 듯한 여학생이 물 컵을 주면서 주문을 받았다.

주문을 하고 얼마쯤 지났을까? 주방에서 아저씨와 딸들의 대화가 들렸다.

"소금을 좀 더 넣어봐, 아빠."

"아냐. 그럼 짜. 부추나 더 썰어봐."

이게 무슨 소린가 싶었지만 그냥 기다렸다. 그리고 한 10분쯤 지났을까? 우리 앞에 순댓국 두 그릇이 놓였다. 순댓국에 들깨가루를 뿌리고 간을 보던 남편과 나는 서로 눈을 마주치고 웃을 수밖에 없었다. 세상에 순댓국에 순대가 없었던 것이다. 거기다 짜기는 또 어찌나 짠지. 나는 조용히 속삭였다.

"어휴, 우리가 아무래도 집을 잘못 찾아왔나 봐."

후회 어린 대화를 나누고 있는데 갑자기 들리는 주인 딸의 목소리.

"아빠, 순댓국에 순대 안 넣은 것 같아."

그러자 아저씨의 목소리.

"이를 워쩐다냐. 싸게싸게 넣어드려라."

작은딸은 순대를 가득 담은 접시를, 아저씨는 눌린 머릿고기가 푸짐하게 담긴 접시를 가져다주셨다.

"우리 집이 맛있다고 소문난 집이유. 근디 마누라가 아파서 문을 닫자니 단골들이 서운해혀서 딸들이랑 오늘 하루만 하기로 했는디 죄송허구먼유."

"꽤, 괜찮습니다."

아저씨의 설명에 우리는 괜찮다며 국밥에 물을 부어 간을 맞춰서 먹었다.

잠시 후 전화가 걸려왔다. 아저씨가 급하게 수화기를 들었다.

"네네, 김치찌개 2인분이요. 감사합니다."

아저씨는 친절하게 주문을 받았다.

그런데 갑자기 딸이 화들짝 놀라며 아버지에게 다그쳐 물었다.

"아빠, 김치찌개 끓일 줄 알아?"

"맞다! 순댓국만 주문받아야 하는데……."

다시 주방으로 들어가는 그들. 잠시 후 덜거덕거리는 소리가 나면서 주인 부녀가 우왕좌왕하기 시작했다. 아저씨와 딸들이 음식을 만드느라고 아주 난리가 난 것이었다. 남편과 나는 웃음을 참으며 바라보았다.

잠시 후, 주방에서 나온 아저씨가 나에게 조심스럽게 다가와서는 진지하게 물으셨다.

"저…… 혹시 김치찌개 끓일 줄 아세요?"

남편과 나는 입 안에 있는 밥알을 튀기며 웃고 말았다. 사실 나는 다른 건 몰라도 김치찌개만큼은 자신이 있었다. 아저씨의 그 간절한 표정을 보고 있으려니 안됐다는 생각이 들어서 하는 수 없이 주방으로 들어갔다. 그러고는 아저씨를 보조로 삼아 김치찌개를 만들었다.

배달을 가신 아저씨는 우리가 식사를 마칠 때쯤 돌아오셨다. 음식 값을 계산하려는 우리에게 한사코 돈을 안 받으려고 하시며, 너무 고마웠다고 순대까지 덤으로 주셨다.

따뜻한 순대를 받아 들고 나오면서 남편과 나는 예전에 치킨 집을 하던 추억을 떠올렸다. 아무런 노하우도 없이 시작했던 치킨 집. 잘 익지도 않은 치킨을 젊은 사람들이 고생한다며 맛있게 먹어주시던 단골 아저씨. 문 닫을 시간까지 팔리지 않아서 딱딱해진 전기 구이 통닭을 모두 사주시던 손님 등등. 그분들이 계셨기에 우리 부부가 희망을 가지고 살 수 있었다. 그분들은 까맣게 잊었겠지만 우리 부부는 지금도 힘들 때마다 항상 그때를 생각하며 가슴 훈훈한 정을 느낀다.

시어머니와 경옥고

며칠 후면 시어머니의 기일이다. 열아홉 해나 지났지만 어머님
에 관한 기억은 약초 냄새와 함께 아직도 선명하다.

시댁은 한약방을 했다. 그래서 집 안에서는 항상 약초 볶는 냄새
가 끊이지 않았다.

1년에 한 번, 초겨울이면 약방 직원들은 물론 식구들까지 총동원
돼서 온갖 정성을 쏟아야 하는 행사가 있었다. 바로 경옥고를 만드
는 일이었다.

시집을 와서 난생처음 들어보는 경옥고. 장복만 하면 몸에 이롭
기 그지없다는 경옥고. 뽕나무로 밤낮없이 불을 땐 다음 스물네 시
간을 쉬고, 다시 스물네 시간 덧불을 지펴야 하는데 이때는 불의 세
기가 일정해야 한다. 비싸고 귀한 재료는 물론이려니와 들이는 정
성이 감히 값으로 매길 수 없을 정도였다.

그런 과정을 지켜보다가 맏동서인 형님에게 물었다.

"값이 비쌀 텐데 저렇게 만들어놓고 안 팔리면 어떡해요?"

"물론 비싸지. 하지만 예약을 받아서 만드는데 뭐. 우리 친정에서도 두 재 값 선불했어. 참 자네 친정 부모님은 경옥고 주문 안 하셔? 우리 친정에서는 해마다 주문해서 드시거든."

경옥고 한 재 값은 웬만한 봉급쟁이 한 달 월급이었다.

경옥고가 다 고아지면 한 재들이와 반 재들이 플라스틱 통을 죽 늘어놓고 주문받은 대로 약을 받기 시작한다. 일이 다 끝나갈 무렵 어머님은 반 재들이 통 한 개씩을 며느리들에게 건네시며 이렇게 말씀하셨다.

"반 재씩이다. 정성들여 아침마다 남편들 꼭 챙겨 먹여라."

나는 너무 좋아서 어쩔 줄을 몰랐다.

그날 이후 며칠을 어머님께서 시키신 대로 아침이면 더운물에 경옥고 한 수저와 꿀 반 수저를 넣어 남편에게 주었다. 가끔 나도 한 모금씩 맛을 보면서.

그런데 경옥고만 보면 자꾸 친정어머니 생각이 났다. 잔병이 끊이지 않으셨던 친정어머니는 그 무렵 언어 장애를 앓을 정도로 많이 편찮으셨다. 그래서 작은 꿀 병에 경옥고를 덜어 담았다. 그러고도 며칠 동안 병만 바라보았다. 그 귀한 약을 아껴가며 아들만 타주라고 하셨는데 친정으로 퍼낸 줄 아시면 화를 내실까 싶어서였다. 며칠을 전전긍긍하는데 시어머니께서 오셨다. 어머님은 현관에 들어서면서 보퉁이를 내려놓으셨다.

"어머니, 또 팥죽 쑤셨어요?"

"아니다, 경옥고다."

도둑이 제 발 저린다고 나는 화들짝 놀랐다.

"경옥고 많이 남았는데요?"

"그럼 엊그제 가져간 게 벌써 떨어졌을까. 한꺼번에 많이 먹는다고 좋은 거 아니다. 그저 한 수저씩 꾸준히 먹어야 효과가 있는 것이여. 네 친정어머니에게도 꼭 그렇게 일러드려라."

나는 어리둥절했다.

"경옥고 한 재다. 니 동서에게는 말하지 말고 친정어머니 갖다드려라. 경옥고를 드셔야 할 분은 니 어머니시잖니."

친정아버지께서 이런저런 사업에 손을 대셨다가 실패하셔서 내가 결혼할 즈음에는 집안 형편이 무척 어려웠다. 그래서 편찮으신 어머니께 약을 쓰는 것도 힘들었다. 그러니 마음만 앞섰지 비싼 경옥고는 꿈도 못 꾸었다. 그런데 자식들에게도 반 재씩만 주시는 그 경옥고를 친정어머니 몫으로 따로 준비해두셨다니……. 가슴이 촉촉이 젖어들었다.

다음 해에 손아래 동서가 들어왔는데 손아래 동서 역시 돈을 미리 드리고 경옥고를 주문했다. 그런데도 어머니께서는 친정어머니 돌아가실 때까지, 그러니까 3년 동안 응당 그래야 하는 것처럼 경옥고 한 재씩을 보내주셨다. 이는 며느리를 편애하신 게 아니라 부족한 사람에게 베푸신 어머니의 인정이라고 생각된다.

"어머님, 이제 당신의 며느리들도 어느덧 어머님 나이가 되어서 며느리를 보게 되었습니다. 저도 어머님처럼 며느리 속마음까지 헤아릴 수 있는 혜안을 가지도록 노력하겠습니다. 어머님, 정말 감사합니다."

남편의 비자금

어제저녁, 정말 아무것도 아닌 일로 남편과 말다툼을 하고는 각방을 썼다. 그리고 새벽, 냉장고에 끓여놓은 시원한 북엇국이 있으면서도 일부러 밥상을 차려주지 않았다. 남편도 다른 날 같으면 슬그머니 작은방을 열어 "나, 밥 안 줘?" 하며 옆에 누워 꼭 안아주었을 텐데 단단히 삐쳤나 보다. 뭣 때문에 싸웠는지 이유도 생각나지 않는 아주 하찮은 일이었는데 말이다.

요즘 남편과 나는 권태기인 것 같다. 솔직히 남들처럼 뜨거운 연애를 한 것도 아니고 그렇다고 근사한 프러포즈를 받은 것도 아니다. 둘 다 어느 정도 나이가 찼고, 어떻게 하다 결혼 애기가 나왔다.

남편 역시 내 앞에서 장난처럼 "엄니? 나 결혼해야겠네요. 날짜 잡아줘요. 그라고 색시는 엄니가 아는 여자요. 막내랑 같이 살았던 친구 있지? 가여. 그라니까 따로 선볼 필요 없죠? 끊소" 하고 어머님께 전화를 드린 것이 다였다.

바로 일주일 후에 상견례 하고 한 달 후에 결혼했으니 뭐 낭만이라고는 눈을 씻고 찾아보려야 찾을 수가 없다. 텔레비전에서 나오는 것처럼 차 트렁크에 풍선 가득 실어놓고 트렁크를 열면 하늘로 풍선이 날아간다든가, 빨간색 장미를 백 송이 사준다든가 그런 건 아예 꿈도 꾸지 않았다.

결혼을 해서도 그 스타일은 변함이 없었다. 잘 다니던 회사를 치킨 집 하자고 꼬드겨 그만두게 하더니, 약속했던 월급 백만 원도 어느 회사나 수습 기간은 있다며 여섯 달 동안 묵살하고. 어디 그뿐인가? 첫애를 임신했는데 어차피 닭 튀기면서 기름 묻는 거 무슨 임신복이냐며 자기가 입던 트레이닝 바지 던져주고, 딸기가 먹고 싶다면 딸기 우유 사준 사람이 바로 내 남편이다.

그러면서 닭 손질을 못했다느니 온도를 잘못 맞췄다느니 구박은 또 어찌나 심하던지. 솔직히 나이 서른이 될 때까지 밥 한 번 제대로 안 해본 내가, 먹어보기만 하던 골뱅이 무침이며 닭 볶음 같은 걸 어떻게 한단 말인가? 그래도 떡하니 메뉴에 그걸 적어놓고는 일주일을 달달 볶아서 결국 나는 닭 요리의 달인이 되었다.

그래도 그때는 뭐가 그리 좋았는지 그냥 얼굴만 쳐다봐도 좋았는데, 요즘은 왜 그리도 미운지 밥 먹는 것만 봐도 뒤통수를 딱 소리 나게 때리고 싶고, 밤에 코를 골 때면 나도 모르게 베개로 팍 때리게 된다.

오늘은 아침에 빈속으로 보낸 게 내심 걸려서 삼계탕이라도 해줄 요량으로 시장을 다녀왔다. 뭐, 속담에 미운 놈 떡 하나 더 준다는 말도 있는데, 몸이 재산이니 튼튼해야 일도 열심히 하고 돈도 더 잘 벌어오겠다 싶었다.

그런데 인생에는 생각지도 않은 반전이라는 게 있는가 보다. 닭을 손질하고 있는데 딸아이가 어디서 났는지 통장을 가지고 놀고 있었다. 딸아이는 가끔 그렇게 찾아도 없는 물건들을 어디서 가지고 오는지 찾아올 때가 있다. 넓지도 않은 집에 무얼 그렇게 숨기고 또 잘도 찾아오는지.

그런데 통장 색깔을 보니 우리가 거래하는 은행이 아니었다. 혹시나 싶어 안 주겠다는 딸아이 엉덩이를 한 대 때리고 보는데 글쎄 거기에 지금 백만 원이 들어 있었다. 그것도 한 달에 만 원. 어떤 때는 천 원. 처음 날짜를 보니 이곳으로 이사를 온 후부터였다. 그때의 그 배신감이란……. 나 몰래 딴 주머니를 차다니. 나도 그 흔한 비자금 하나 없이 깨끗하게 살아왔는데.

먼저 집으로 돌아온 나는 이를 바득바득 갈며 남편을 기다렸다. 이왕 해놓은 삼계탕이니 먹여놓고 싸우자는 심산으로 설거지까지 마친 후에 남편에게 통장을 내밀었다. 그러자 깜짝 놀란 남편이 물었다.

"다, 당신 이거 어디서 났어?"

"나에게 묻지 말고 당신 딸에게 물어봐. 나도 못 찾은 걸 쟤가 찾았으니까."

남편은 피식 웃더니 "이왕 이렇게 된 거 당신이 가져. 어차피 당신 거니까" 하는 것이었다. 그러곤 한다는 말이 참 사람 할 말 없게 만들었다. 이곳 군산으로 내려올 때 정말 빈손으로 내려와 지금 이 임대 아파트 월세 보증금도 못 만들었을 때, 남편은 문득 이런 생각이 들었다고 한다.

'이렇게 힘들게 살다가는 장인어른 칠순 잔치도 못 해드리겠구나.'

시댁을 위해서는 다달이 형제끼리 적금을 붓고 있었지만, 친정은 그렇지 못했다. 그래서 자기가 몰래 통장을 만들었다는 것이다.

솔직히 고백컨대 신랑 용돈은 일주일에 만 원이다. 그런데 그 적은 용돈으로 백만 원 가까이 모았다고 생각하니, 갑자기 신랑 얼굴에서 빛이 나는 게 참 사람 마음이 간사하다 싶었다. 아마도 내일이면 또 남편을 달달 볶으며 바가지를 긁고, 내 청춘 돌리도 하며 한탄을 하겠지만 지금 이 순간만큼은 너무나 다디단 꿈을 꾼다. 아마도 이런 게 사람 사는 맛인가 보다.

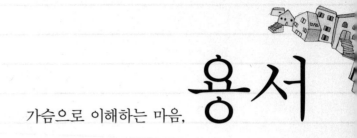

가슴으로 이해하는 마음, 용서

부끄러웠던 하루
이제는 다 잊었습니다

돌이킬 수 없는 후회
용서받고 싶은 마음

고부 간의 미묘한 심리
하늘이 내린 적, 동서

부끄러웠던 하루

지난봄 그동안 모아두었던 적금이며 보험까지 다 해약하고, 남편의 퇴직금도 일부 정산을 받았다. 그렇게 해서 작은 집이지만 내집을 장만했다.

난생처음 내 집 장만을 해서 기쁜 마음으로 이사 오던 날, 대문앞에서 이삿짐 차에 물을 뿌리며 알아들을 수도 없는 말을 쉴 새 없이 중얼거리는 삼십 대 중반의 아저씨를 보게 되었다.

아저씨가 계속 난동을 부리자, 그의 부모님이 나오셔서는 그를 강제로 끌고 집으로 들어갔다. 그리고 잠시 후 아저씨 부모님은 다시 찾아와서 미안하다고 사과를 했다. 당신의 아들이 어려서 심하게 열병을 앓고 난 뒤 정신장애가 왔다며 앞으로 한 골목에서 살면서 불편한 점이 많을 거라고, 미안하다고, 젊은 사람들이 늙은이들을 봐서 참아달라고 하셨다.

이사 첫날 뜻하지 않게 앞집 어른들께 그런 얘기를 듣고 나니 당황스러웠다. 이런 사정을 이야기하지 않고 집을 판 전 주인이 원망스러웠다.

이후 그 아저씨는 가끔 정상인 같아 보일 때도 있었지만, 발작 증상이 일어나면 그 누구도 감당할 수 없을 만큼 폭군이 되기도 했다.

어떤 날은 지나가는 나를 잡고 물어본 소리를 또 물어보고, 돌아서려면 붙잡고 같은 것을 또 물어보고, 정말 피곤할 정도로 사람을 괴롭혔다.

이런 것을 아는 동네 주민 대부분은 그 아저씨를 멀리하고 일부러 피해 다니기까지 했다. 철부지 동네 꼬마들은 그를 바보 멍청이라고 놀리기도 했다.

그런데 어느 날, 외출했다 늦게 돌아오니 큰아이가 열쇠가 없어서인지 대문 앞에 쪼그리고 앉아 있었다. 아이 옆에는 그 아저씨도 함께 있었다. 둘이서 색종이 접기를 하면서 무슨 재미있는 얘기를 하는지 얼굴에는 미소가 가득했다.

당장에라도 아이 손을 잡고 집으로 들어가고 싶었지만, 앞집 노부부가 옆에서 지켜보고 계셨기에 차마 그럴 수가 없었다. 그런데 내 마음을 읽으셨는지 노부부가 우리 아이에게 "아가, 고맙다. 오늘은 그만 놀고 이제 들어가서 숙제해야지?" 하시며 나에게 집으로 데리고 들어가라는 눈짓을 하셨다.

집에 들어온 나는 아이를 매섭게 야단쳤다.

"아저씨랑 놀지 말라고 했지! 넌 무섭지도 않니?"

그랬더니 우리 아이 하는 말.

"엄마! 아저씨는 그냥 머리가 조금 아픈 거야. 우리가 감기 걸리면 병원 가서 주사 맞고 약 먹으면 낫는 것처럼 아저씨도 우리가 옆에서 보살펴 주고 도와주면 나을 거야."

순간 당황스러웠지만 한편으로는 바르게 잘 커준 아들 녀석이 많이 대견하고 사랑스러웠다. 그리고 아들보다 못한, 짧은 생각을 한 나 자신이 부끄러웠다. 그래서 나도 그 아저씨를 예전과 달리 편안한 이웃으로 대하기로 했다. 그렇게 우리 가족이 친구처럼 대하자 아저씨도 좋아하고 무엇보다 아저씨 부모님께서 무척 흐뭇해하신다.

그래서 옛말에 세 살 아이에게도 배울 것이 있다고 했나 보다. 미처 생각지 못했던 일을 아이가 먼저 생각하고 실천하고, 또 그 작은 실천으로 여러 사람이 행복해질 수 있게 되었다. 이런 사랑을 나눌 수 있게 한 우리 아이가 정말 자랑스럽다.

이제는 다 잊었습니다

올해 여든여덟이 되신 시어머님은 지난 5년간 노환과 치매로 갓 난아이처럼 사셨다. 그리고 이제 당신이 가실 마지막 길을 준비하 신다. 임종 때 입혀드리려고 준비해두었던 하얀 치마저고리를 갈아 입혀 드리면서, 나는 어머님 가슴에 엎드려 울고 또 울었다.

그 눈물이 그동안 어머님께 정성을 다하지 못한 통회의 눈물인 지, 아니면 지난 30여 년 동안 힘겹게 견뎌온 시집살이에 대한 분 노의 눈물인지 모르겠다. 그러나 내 입을 통해 나오는 것은 "어머 님, 죄송해요. 정말 죄송해요"라는 말뿐이었다.

잘해드린 것은 하나도 생각나지 않고 왜 그렇게 못해드린 일만 생각이 나는 걸까?

나이 스물두 살인 해에 일곱 살 위인 남편과 1년 가까이 연애를 하다가 처음 시댁에 인사를 드리러 갔다. 그때 "우리 집안이 어떤 집안인데 저런 근본도 모르는 여자를 들인다는 것이냐? 내 눈에 흙

이 들어가기 전에는 절대로 며느리로 못 받아들인다"라고 말씀하
시는 어머님의 쩌렁쩌렁한 목소리에 숨도 제대로 쉬지 못하고 죄인
처럼 고개만 숙이고 앉아 눈물을 흘렸다.

30여 년 전, 그때는 왜 그렇게 어머님이 태산처럼 높아만 보이던
지. 가난한 집안의 딸이라는 이유로 온갖 모진 소리를 다 하시며 결
혼을 반대하셨지만 부부의 인연은 하늘이 맺어준다고 했던가! 우
여곡절 끝에 우리는 결혼을 했다. 그러나 나는 예물은커녕 폐백 때
입을 한복 한 벌도 받지 못했고, 신혼여행도 생략한 채 시댁에서 첫
날밤을 지내야 했다.

그리고 다음 날, 어머님이 부르시더니 없는 친정에서 뭘들 제대
로 배웠겠느냐며 여기서 살면서 살림하는 것도 배운 다음 분가하라
고 하셨다. 나는 아무런 말도 할 수 없었다. 그때는 남편과 함께 살
수 있다는 것만으로도 행복했으니까. 그렇게 해서 시작된 시집살이
가 어느새 30여 년이 되었다.

세월을 이길 장사 없다고 했던가. 태산처럼 높게만 보이던 어머
님은 이 세상에서 버리고 가야 할 기억들이 뭐가 그리도 많으셨는
지, 지나간 기억은 잃어버린 채 자리보전을 하고 누우셨다.

당신 스스로 돌아눕지도 못하시는 어머님께 밥을 먹여드리고, 기
저귀를 갈아드리고, 혹시 욕창이라도 생길까 봐 이리저리 돌려 뉘
어드리며 지내온 시간은 어머님의 며느리가 아닌 딸로서의 시간이

었다.

"어머님, 저 누군지 아시겠어요? 가난한 집안의, 뼈대도 없고 근본도 없는 집안의 여자라고 그렇게도 구박하시고 못마땅해하시던 셋째 며느리예요. 지금도 제가 그렇게 미우세요? 그럼 얼른 벌떡 일어나서 소리도 지르고 저를 구박해보세요. 왜요? 이제는 저를 구박하실 힘도 없으세요?"

너무 힘이 들고 지칠 때면 아무것도 모르는 어머님 손을 잡은 채 혼자 넋두리를 하듯이 이렇게 중얼거리곤 했다.

다 빨아 널어놓은 빨래도 때가 덜 졌다며 다시 걷어 빨래 통에 팽개치시고, 국을 끓이면 싱겁다고 당신이 소금을 한 주먹 집어넣으시고는 짜서 어떻게 먹으라고, 이것도 국이라고 끓였냐 하시며 국그릇을 부엌 바닥에 집어 던지시던 어머님. 아기를 가져 음식 냄새만 맡아도 토할 만큼 입덧이 심해, 밥도 못 먹고 어지러워 일어나지도 못했을 때 "세상 여자 모두 다 아이 낳고 산다. 유난 떨지 말고 일어나라"라며 소리를 지르시던 어머님이셨다.

'내가 뭘 잘못해서 이렇게 죄인처럼 참고 살아야 하나' 생각하며 정말 혼자서 울기도 많이 울었다.

그 긴 시간 동안 나도 인간인데 왜 어머님이 밉지 않았겠는가? 잘해도 못해도 모든 것을 못마땅해하시는데, 그런 어머님이 왜 원망스럽지 않았겠는가? 참 미웠다. 너무도 미웠고, 한평생 따뜻한 말씀 한마디 없으신 어머님이 너무도 원망스러웠다.

그러나 이제 내 나이도 오십이 되어 눈가에 주름이 가득하고, 이를 악물고 참고 또 참으며 오기로 버텨온 지난 세월이지만, 그동안 쌓인 정이 어찌 미움과 원망뿐이겠는가? 미운 정 고운 정이, 흐르는 세월과 함께 묻혀 지나간다. 앙상한 뼈만 남은 채 힘겨운 하루하루를 보내시는 어머님 앞에서 나는 오늘도 눈물로 기도를 드린다.

"어머님, 용서 못 할 것이 무엇이 있겠습니까? 이제는 모든 것을 다 잊었습니다. 어머님도 제가 잘못한 것 다 용서해주세요. 사랑해요, 어머님."

돌이킬 수 없는 후회

나는 칠 남매의 막내둥이다. 그렇다 보니 제일 큰언니와 나이 차이가 열다섯 살이나 난다. 아버지가 일찍 돌아가신 후, 바쁜 엄마 대신 큰언니가 엄마 노릇을 했다. 큰언니는 동생들 밥 챙겨 먹이고 청소하고 빨래하고 집안일을 모두 도맡아 했다.

그런 언니의 말투에는 늘 짜증이 배어 있었다. 그때는 언니가 참 무섭고 싫었는데 지금은 엄마가 되고 보니 그 마음이 십분 이해가 간다. 이놈 챙기면 저놈이 말썽이고 저놈 돌보면 이놈이 징징거리니……. 여섯 동생 건사하기가 쉬운 일이 아니었을 것이다.

우리 형제들에게는 엄마보다 큰언니가 더 무서운 존재였다. 큰언니에게는 '한 번 더'라는 기회가 용납되지 않았다.

"너 한 번만 더 칭얼거리면 밥 안 줘."

엄마는 이런 말을 하면서 우리를 토닥이셨지만, 큰언니는 칭얼거리는 순간 앞에 놓인 밥공기를 사정없이 가져가 버리곤 했다.

철없이 "큰언니가 얼른 시집을 가서 빨리 우리 눈앞에서 사라져
줬으면 좋겠다"라고 내뱉고는 언니에게 얼마나 혼쭐이 났던지. 퉁
퉁 부은 두 눈에 흘러내리는 눈물을 닦아내며 빌고 또 빌었다.

그러던 큰언니는 우리를 공부시키려고 자신의 학업을 포기하고
서울로 올라가 공장에 취직을 했다. 우리는 큰언니가 무엇을 하며,
어디에 갔는지 알지도 못했다. 그저 그동안의 딱딱한 규율에서 벗
어난 것이 마냥 좋기만 했다.

까까머리 오빠의 삭아빠진 양은 도시락이 로봇 그림이 새겨진 새
도시락으로 바뀌고, 코흘리개인 내 밥공기에 더 많은 더운밥이 올
랐다. 공부 잘한다고 늘 칭찬받던 넷째 언니의 몽당연필은 새 연필
로 바뀌었다. 하지만 우리는 그 소원들이 어떻게 그리 금세 이루어
졌는지 그 이유를 모르고 있었다.

그 후 몇 년의 세월이 흐른 뒤 큰언니는 서울에서 만난 형부와 함
께 고향으로 내려와 결혼을 했다. 그때서야 큰언니는 지긋지긋하게
힘들고 서러운 곳을 떠나 사랑하는 사람과 정든 곳에서 자리를 잡
았다. 하지만 안정과 행복도 잠시, 얼마 후 형부가 실직을 하는 바
람에 큰언니는 또다시 일을 해야 했다.

먹고사는 것이 무엇보다 절실했던 큰언니네 내외는 아는 분의 소
개로 평창에 있는 대관령 목장으로 가게 되었다. 지낼 곳도 마련해주
고 일거리를 준다는 말에 어린 두 조카를 데리고 오지 산골로 들어갔

다. 그곳에서 형부는 목장과 시내를 하루에 몇 번 왔다 갔다 하는 버스를 운행하셨다. 그리고 큰언니는 소를 돌보는 일을 했다.

큰언니는 키도 크고 하얀 피부로 늘 빼어난 미모를 자랑했었다. 그런 큰언니가 몇 년간 방목 일을 하다 보니 정말 하얀 이만 보일 정도로 얼굴이 새까맣게 그을었다.

그곳에 있는 초등학교 분교에 아이들을 보내고 친정 나들이도 자주 하지 못하는 큰언니. 사는 곳이 깊은 산골이긴 해도 먹고살 걱정 없고, 할 일도 있고, 공기도 좋아서 나름대로 무척 만족한다고 했다. 하지만 나는 날이 갈수록 새까맣게 타는 큰언니의 얼굴이 너무 안쓰러웠다.

하루는 직장에서 근무를 하고 있는데 동료가 밖에 누가 찾아왔다고 했다. 나가 보니 복도에 큰언니와 두 조카가 찾아와 빙그레 웃고 있었다. 점심시간이라 잠시 들러 식사나 같이 하려고 왔다는 큰언니의 말에 난 주위의 시선을 먼저 살펴야 했다.

말은 걸지 않았지만 너무나 시커멓게 그을린 언니의 얼굴과 초라한 옷차림을 직원들은 한 번쯤 쳐다보고 지나갔다. 내 옆을 스쳐가는 과장님이 반가운 웃음을 지으며 "누구신데?" 하고 별 뜻 없이 물으시는데도, 내 속에선 '이렇게 초라한 사람이 누구야? 아는 사람이야?' 하고 묻는 것 같아 누구란 말도 하지 못하고 그냥 입을 다물어버렸다.

그때 큰언니와 조카들의 실망한 표정은 지금도 잊을 수가 없다. 왜 그때 "우리 언니와 조카들이에요" 하면서 반겨주질 못했을까?

이제 나도 엄마가 되어 돌아보니, 그때 직장 생활을 할 정도면, 이미 철도 들었을 텐데 왜 그런 행동을 했는지 후회가 된다. 자신의 모든 것을 희생하고 키워준 동생인데 큰언니는 얼마나 서운했을까? 결혼해서 남부럽지 않게 잘 살았다면 지금의 내 마음이 이토록 미어지진 않을 것이다.

'옛날 큰언니에 대해 분하다고 생각했던 것 때문에 언니가 지금 고생하는 건 아닐까.'

어릴 적 행동들에 대한 후회로 베갯잇을 적신 적도 참 많았다.

지금 큰언니 부부는 그 험한 고생도 마다하지 않고 노력해서 어느 정도 안정된 생활을 하고 있다. 내심 소원이었던 도시에서 말이다. 내 나이가 서른셋이니 큰언니는 마흔여덟. 이제 조금 안정됐다 싶으니 벌써 쉰을 바라본다. 그런 큰언니가 요즘 우울증이 시작되려고 한다. 매번 인생이 허망하다는 이야기만 털어놓는다.

큰언니가 너무 고생만 하며 살아서인지 늘 미안한 마음을 가진 나는 마음속으로 다짐을 한다. 가장 다정한 친구로서 이젠 언니 곁에서 그 빚을 갚겠노라고……

용서받고 싶은 마음

잠을 자다 갑자기 펑펑 소리 내어 울기 시작했다.

"또 엄마 꿈 꿨어?"라는 남편의 말에 목이 메어 차마 대답도 못한 채, 눈물 콧물이 범벅이 되어 고개만 끄덕였다.

"우리 쉬는 날 장모님 산소에 다녀오자."

결혼한 지 3년이 되어가는 지금 왜 이리 꿈속에서 엄마의 모습이 자꾸 보이는지 모르겠다. 심한 고통에 몸부림치시는 엄마의 모습. 나는 어떻게 해야 할지 몰라 아무 말도 못 하고 눈물만 흘리고 있다. 이런 꿈을 꿀 때면 그것이 꿈인지 생시인지 몰라 자다가 이렇게 울어버린다.

엄마는 암이었다. 코를 찌르는 독한 소독약 냄새와 바늘을 하도 많이 찔러 혈관조차 찾을 수 없게 된 팔뚝, 너무 오랜 기간 동안 병원 생활을 하셨다. 야위어 한 줌밖에 안 될 것 같은 몸이 내가 기억하는 엄마의 마지막 모습이다.

사는 것이 고통스럽다고, 시댁 식구들이 어차피 떠날 거 빨리 떠나면 돈이라도 아낄 텐데 고생 고생해서 모은 아버지 재산만 날리고 있다고 이야기하는 것을 들었다고, 정말 죽고 싶다고, 너희만 불쌍하다고 울며 말씀하셨다.

엄마는 얼마나 마음이 아프셨을까? 아프고 싶어서 아픈 것도 아니었는데…….

누워 계신 엄마의 소원은 내가 결혼하는 거였다. 하얀 웨딩드레스 입은 내 모습도 보고 싶고, 사위 얼굴도 보고 싶다고 하셨다. 할머니 소리 한번 들어보는 것이 소원이라고도 하셨다.

그런데 그때 나는 병원에 누워 계시는 엄마의 모습이 안쓰러우면서도 왜 그렇게 싫었는지…….

'왜 엄마는 아버지에게 한마디도 못 할까? 한바탕 소리라도 지르면 날 텐데. 왜 속만 끓이고 눈물만 흘리실까? 아프고 싶어 아픈 것도 아니면서 왜 늘 아버지에게 죄인인 양 숨죽여 사시는 걸까?'

이런 생각을 하다 보니 엄마의 모습이 답답하기만 했다. 급기야는 엄마처럼 살기 싫다는 생각도 들었다. 그래서 긴병에 효자 없다고 하고, 부모는 열 자식을 거둬도 열 자식은 한 부모를 섬기지 못한다고 하나 보다.

시간이 흘러 나 역시 한 가정을 꾸리고 엄마가 되었다. 지금 돌지난 아들이 하나 있다. 아이의 웃음, 재롱 피우는 모습, 나에게

"엄마, 엄마" 하는 소리만 들어도 피곤이 봄눈 녹듯 사라진다.

'엄마 역시 나를 이렇게 키우셨을 텐데…….'

그렇게 애지중지 키웠을 내가 아프다고, 힘들다고 어차피 끝날 거면 빨리 끝났으면 좋겠다는 생각을 한 것이 가슴을 울린다. 엄마의 소원이 그리 어려운 게 아니었는데, 그 소원 하나 못 들어드렸다는 죄책감이 이렇게 꿈에서 늘 나를 괴롭힌다.

아이의 맑은 눈망울을 보며 "외할머니가 보셨으면 얼마나 좋아하셨을까, 그치?" 이렇게 혼잣말만 중얼거려도 엄마 생각에 가슴이 콱 막히고 눈물이 주르륵 흐른다. 시간이 흘러갈수록, 특히 결혼을 하고 보니 엄마의 자리는 이루 말할 수 없이 크게 느껴진다.

요즘은 아버지의 처진 어깨만 봐도 나처럼 엄마가 보고 싶어서 그런 것은 아닌지 가슴이 답답하다.

이젠 하늘에서 비가 내려도 하늘나라에 계신 엄마가 가족과 함께 할 수 없어 우는 것이 아니라고 믿고 싶다. 아이의 웃음이 지금 나에게 기쁨을 주는 것만큼, 나도 한때 엄마에게 기쁨을 주었던 딸이었다고 믿고 싶다.

고부간의 이메일 사랑

나는 평범한 대한민국 아줌마다. 지루한 일상의 연속이던 결혼 생활에 변화가 온 건 신랑이 예쁜 공주 낳아줘서 고맙다고 안겨준 생일 선물, 바로 컴퓨터 때문이다. 나는 여러 가지 아이템이나 정보를 얻기 위해서 인터넷에 빠져들었고, 거기서 만난 아줌마들과의 넋두리를 통해 마음의 위로를 받기에 이르렀다. 신랑도 받아주지 못한 불평을 이야기하면 동병상련이라던가? 아줌마들은 위로와 격려를 아끼지 않았다. 꽉 막힌 시어머니 얘기라든가, 전혀 섞이지 않는 사고방식을 가진 시누이들에 대한 불만은 내 단골 메뉴였다.

그런데 일이 터진 건, 내가 한참 시댁 흉보기에 물이 올랐을 즈음이었다. 시어머니 생신 때 외에는 연락이 없던 시누이에게 전화가 왔다.

"언니, 너무한 거 아니에요?"

"네? 무슨 말이에요?"

"내가 그렇게 싸가지가 없어요? 난 몰랐어요. 언니가 항상 배시시 웃기에 다 좋은 줄 알았죠. 너무 충격을 받아서 눈물이 다 나오려고 그래요."

이어지는 말은 안 듣는 게 나을 뻔했다. 글쎄, 내가 맹활약하던 인터넷 사이트에 시누이가 가입해 있었던 것이다. 누가 이런 일을 꿈에라도 생각했을까? 내가 올린 글들을 하나하나 들추면서 반론하는 시누이의 말에 내 얼굴은 빨개지고 말았다.

통화하는 내 얼굴을 보고 있던 신랑이 이상하게 생각할 정도였다.

"전화 건 거 성희 아니야? 빚 독촉이라도 받는 사람처럼 얼굴이 왜 그래?"

나는 아무 말도 하지 못했다. 그런데 문제는 거기서 끝나지 않았다. 시누이가 켜놓은 컴퓨터 화면을 우연히 들여다보신 시어머니께서 내가 올린 글을 읽게 된 것이다.

바로 시댁으로 오라는 호출이 왔다. 내 가슴에는 회오리가 몰아치는 것 같았다.

도착하자마자 어머님께서 따로 작은 방으로 부르셨다.

"너 컴퓨터 잘한다며?"

그러시더니 어머님은 컴퓨터를 매일 가르쳐달라고 하셨다.

"다른 얘긴 안 해도 알겠제?" 하시는데 정말 고등학교 시절 교무실에서 떨어본 이후로 처음 맞는 공포의 순간이었다.

114

분명 독수리 타법으로 쓰셨을 법한 장문의 편지.
모든 오해가 풀리는 순간이었다.

다음 날부터 나는 꼼짝없이 시댁으로 출근해서 어머님께 인터넷 사용법을 가르쳐드려야 했다. 아침 일찍 신랑 출근시키고 시댁에 가서 어머님 좋아하시는 음식 해서 같이 점심 먹고, 컴퓨터 강의하다 보면 오후 네 시. 그렇게 몇 달이 흘렀다.

　결혼기념일을 며칠 앞둔 어느 날, 어머님께서 아침 일찍 전화를 하셨다. 이메일 확인은 왜 안 하냐고. 그래서 나는 컴퓨터를 켰다. 그리고 메일을 확인하는 순간 나는 눈물을 쏟을 뻔했다. 분명 독수리 타법으로 쓰셨을 법한 장문의 편지. 내가 예전에 어머님께 서운해했던 글에 대한 당신의 입장이 하나하나 친절하게 적혀 있었다. 모든 오해가 풀리는 순간이었다.

　그 사건을 계기로 어머님과 나는 가끔 이메일을 주고받는다. 물론 서로의 입장 차이에서 오는 각종 오해를 풀기 위한 수단으로 말이다. 앞으로도 고부간의 멋진 이메일 사랑은 계속될 것이다.

하늘이 내린 적, 동서

"삐리릭."

아침에 휴대전화 문자 메시지가 왔다.

"형님, 밖에 눈이 와요! 형님이 곁에 있어 너무나 든든해요."

하나뿐인 동서가 보낸 것이다.

아침 일찍 출근하는 동서는 기상 캐스터처럼 오늘 아침은 포근하다, 바람이 많이 분다, 비가 온다 등등의 간단한 문자를 보내곤 한다. 그 덕에 휴대폰 문자 메시지에 어색했던 나는 더듬더듬 답장 보내는 재미에 빠지게 되었다.

그러고 보니 동서가 생긴 지도 벌써 6개월이다. 누군가가 그랬다. "동서는 하늘이 내린 적"이라고.

사실 처음에는 나도 동서가 들어온다는 게 좋기보다는 걱정부터 앞섰다. 결혼 9년 동안 시부모님의 사랑을 한 몸에 받았던 내가 그 사랑을 나눠야 된다는 생각에, 아니 혹시 시부모님께서 동서를 더 예뻐하시면 어쩌나 하는 질투심에 혼란스러웠다.

도련님이 동서를 소개하던 날. 잘나가는 입시 학원의 강사라는데 외모, 옷차림, 말투까지…… 한눈에 봐도 세련된 직장 여성이었다. 무뚝뚝한 나와는 달리, 애교가 철철 넘쳐흐르는 웃음 띤 얼굴. 아무런 이유 없이 얄미웠다.

그래도 내가 형님인데 마음을 넓게 써야지 하면서도 시댁에 가서 못 보던 조끼며, 신발이며 동서가 어머님께 선물한 물건을 보면 마음 한구석이 섭섭했다. 나는 겨우 아버님이 좋아하시는 막걸리 한 병, 아니면 어머님이 좋아하시는 강냉이 정도를 사 갖고 가는 것이 전부였는데…….

묘한 질투심에 괜스레 동서의 말 한마디가 거슬리기도 하고, 속상하기도 하고, 어떨 때는 시부모님이 동서에게 더 잘해주시는 것 같아 마음이 상했다.

다같이 모여서 식사를 하던 어느 주말. 어머니께서 백숙을 하셨다며 그릇에 하나씩 덜어주셨다. 그런데 동서가 백숙을 좋아한다고 하자 다리 한 점을 얼른 동서 그릇에 올려놓으시는 어머님. 그러고는 동서에게 많이 먹으라고 하시는데 순간, 눈물이 핑 돌았다.

물을 가지러 간다고 일어나 부엌 한쪽에서 눈물을 훔치고 있는데, 마침 식사를 마치고 나오신 아버님께서 내게 다가오셨다.

"이제 우리 집 행복은 네 손에 달렸다. 동서 간에 사이가 얼마나 좋으냐에 따라 형제간 우애도 결정되는 거란다. 나는 우리 큰며느리를 믿는다. 그동안처럼만 하면 돼. 난 네가 지혜롭게 잘할 거라고 생각한다."

내 마음을 읽으셨던 걸까? 집으로 돌아와서 아버님 말씀을 곰곰이 생각해보니, 동서에 대한 괜한 질투로 그동안 짧은 생각을 한 내가 부끄러웠다. 그래서 맞벌이로 바쁜 동서에게 마른반찬과 신혼살림에 필요한 작은 것들을 하나 둘씩 챙겨주기 시작했다. 그리고 이렇게 생각했다. 동서랑 적이 아닌 아군으로, 그렇게 잘 지내야겠다고.

얼마 전 동서가 월급을 탔다고 선물로 예쁜 반지를 내밀었다. 똑같은 걸 두 개 샀다면서 약속 반지라고 했다. 형님이랑 지금처럼 이렇게 잘 지내고 싶다고, 많이 부족하더라도 예쁘게 봐달라는 말과 함께.

사람은 마음먹기에 달린 것 같다. 이런 예쁜 마음씨의 동서랑 평생 돈독한 관계로 지내도록 노력할 거다.

다시 오지 않을 시간의 서정시, 이별

어머니께 해드린 마지막 화장

까만 선글라스의 아버지

무 김 치 와 내 복

천사의 하루

그 리 운 어 머 니 의 손 맛

풍선 장수 삼촌

외할머니의 박하사탕

어머니께 해드린 마지막 화장

지난해 봄, 친정어머니가 갑작스레 돌아가셨다. 급하게 연락받은 형제들이 다 모여 어머니의 마지막 얼굴을 봤다. 두어 시간 전에 생명의 끈을 놓았다고 하기에는 믿기지 않을 만큼 너무도 편안한 모습으로 두 눈을 꼭 감고 계셨다.

수의를 입히기 전 아버지는 나에게 어머니의 얼굴에 화장을 해드리라고 하셨다. 뽀얗고 순순한 얼굴이어서 그대로의 모습도 좋겠지만, 마지막으로 어머니를 곱게 보내드리자는 생각에 얼굴을 만졌다.

생전에 어머니는 근심 걱정이 참 많으셨다. 자식 있는 사람 치고 걱정 없는 사람 없겠지만 우리 육 남매는 늘 어머니 속을 썩였다.

청소년기부터 잦은 가출로 어머니 가슴을 아프게 했던 오빠. 오빠는 교통사고를 당해 2년 동안 식물인간으로 누워 있다가 결국 서른을 못 넘기고 저세상으로 가버렸다. 자식이 죽으면 부모 가슴에 묻는다고 했던가. 그때 어머니는 10년이란 세월을 단숨에 넘겨버린 사람처럼 얼굴이 상하셨다.

가지 많은 나무에 바람 잘 날 없다고 그 후에도 셋째 오빠와 언니의 가출, 그리고 할머니의 시집살이와 작은아버지와의 불화 등 어린 마음이었지만 우리 집은 참 불행하다고 생각될 정도로 크고 작은 분란이 끊이지 않았다.

그럴 때마다 속으로 삭여야 했던 어머니 가슴은 시커먼 재가 되었을 것이다. 어머니는 늘 웃는 모습을 보이셨다. 하지만 아무리 감추려고 해도 어머니 얼굴에는 그늘이 있었다. 깊이를 알 수 없는 어둠 같은 그늘 말이다.

화장을 해드리려고 하는데 그 고요한 얼굴에서 엷은 미소가 느껴졌다. 어머니의 그런 모습을 보는 건 처음이었다.

시골에서 사셨기 때문에 늘 검게 그을려 있던 어머니는 생전에 특별한 날이 아니면 화장을 해본 적이 없으셨다. 다른 아주머니들보다 더 늙어 보이던 어머니께, 나는 첫 월급으로 화장품을 사드렸다. 세련된 도시 아줌마들처럼 뽀얗게 할 수는 없어도, 조금이라도 예쁜 모습을 찾아드리고 싶었다. 그 후에도 나는 여유가 생길 때마다 화장품을 사다 드렸다. 하지만 어머니는 "늙은 것이 화장하면 뭐하나. 젊은 네가 해야지" 하면서 한사코 마다하시곤 했다.

어머니는 아깝다면서 제대로 쓰지도 못한 화장품을 그대로 두고 저세상으로 가셨다. 그런데 그런 어머니의 맨 얼굴이 마치 벌써 화장을 한 것처럼 너무 고와 보였다.

'이게 바로 생명의 끈을 놓으면서, 비로소 찾은 어머니 본래의
모습이 아닐까.'

나는 그런 생각이 들었다. 어머니를 괴롭혔던 질곡의 삶을 버리
면서 찾은 자유, 그리고 평온함으로 인한 모습 말이다.

생명의 끈을 놓아버린다는 건 어떤 걸까? 일체의 욕심과 고통,
그리고 이기심을 버린다는 것일까? 모든 것을 버린다는 건 무소유
의 마음일 것이다. 무소유의 마음일 때 비로소 태초에 인간이 간직
했던 가장 선하고 아름다운 모습을 찾을 수 있지 않을까? 우리는
너무나 많은 이기심과 욕망을 갖고 있으면서, 화장이라는 행위를
통해 감추려 한 건 아니었는지 모르겠다.

화장을 한다는 것은 생명이 있는 살아 있는 사람을 위한 것인데,
이미 이 세상 사람이 아닌 어머니께 화장을 해드리는 나를 돌아보
았다. 왠지 내 목젖으로 주먹 같은 뜨거운 덩어리가 자꾸 올라오는
것 같았다.

옆에서 지켜보며 오열하던 형제들과 유난히 더 서럽게 우시던 아
버지. 나는 그들의 북받치는 슬픔 속에서 아주 정성껏 어머니께 화
장을 해드렸다. 다시는 해드릴 수 없는 마지막 화장을 말이다.

그날 이후 외출을 하려고 거울 앞에 앉아 화장을 할 때면, 평온한
모습으로 가시던 어머니의 마지막 모습이 자꾸 떠오른다.

까만 선글라스의 아버지

35년 전. 초등학교 2학년 때였다. 2년 만에 돌아오신 아버지는 너무도 변해 있었다. 온통 주름투성이인 얼굴에 깜깜한 밤인데도 까만 선글라스를 끼고 계셨다. 지팡이까지 짚은 모습이 너무 낯설어서 차마 "아버지!" 하고 부르며 달려들지 못했다. 언니 오빠들은 행여 아버지가 들으실까 속으로만 울음을 삼켰다.

돈을 벌어 오겠다며 아버지께서 광산으로 가신 것은 내가 초등학교에 입학하기 전이었다. 올망졸망한 여섯 자식에게 가난을 대물림하지 않겠다며 어두컴컴한 굴속으로 들어가셨다.

그리고 발생한 사고. 아버지는 두 눈과 한쪽 팔을 잃으셨다. 아버지는 어린아이 같아졌다. 식사를 하실 때도 수저를 쥐여드려야 했다. 물 한 모금 마시는 것조차 당신 마음대로 할 수 없었다. 아버지의 말수는 점점 줄어들었다.

20여 호밖에 되지 않는 시골 동네다 보니 모르는 사람이 없었다.

사람들은 우리 집을 '까만 선글라스네'라고 불렀다. 막내딸이었던 나는 그 소리가 너무나 싫었다. 아이들이 놀리면 아버지를 잡고 엉엉 울면서 떼를 썼다. 왜 만날 까만 안경을 끼고 있냐고. 그것 좀 벗으면 안 되냐고…….

그런 일이 자꾸 반복되자 아버지는 밖에 나가는 것을 싫어하셨다. 무표정하게 앉아 라디오를 듣거나 자식들의 재잘거림에 귀만 기울이셨다. 어쩌다 미소라도 보이는 것은 철부지 막내딸이 투정을 부릴 때였다. 그래서 나는 점점 버릇없는 아이가 되어갔다.

운동회 날도 그랬다. 어머니는 보리밥을 도시락에 싸주시고는 품을 팔러 가셨다. 나는 도시락을 내팽개치고 그냥 나와버렸다. 부모님 손을 잡고 학교에 가는 친구들을 보니 눈물이 나올 것 같았다.

운동회 종목에는 아버지와 함께 달리기를 해야 하는 시간이 있었다. 혼자 시무룩해 있는데, 갑자기 사람들이 웅성거리는 소리가 들렸다. 까만 선글라스를 끼고 지팡이를 짚고서 친구 아버지의 부축을 받으며 더듬더듬 걸어오시는 아버지. 순간, 아이들이 키득거리기 시작했고 나는 너무나 창피해서 어디론가 숨어버리고 싶었다.

잠시 후 들리는 선생님의 호각 소리.

달리기를 잘했던 나는 1등으로 달려서 중간 지점에서 기다리시던 아버지의 손을 잡았다.

아버지는 간신히 조금 빨리 걷는 정도로 뛰셨다. 나는 아버지의 손을 힘껏 당기며 빨리 뛰자고 했다. 정신없이 달리다가 아버지가 넘어지면서 덩달아 함께 넘어지고 말았다.

그날 저녁, 나는 엉엉 울면서 신경질을 부렸다.

"다 아버지 때문이야! 1등 할 수 있었는데. 누가 학교에 오라고 했어? 이제 창피해서 학교 어떻게 다녀!"

오랜만에 술을 드신 아버지는 나를 끌어안고 가만히 얼굴을 비비셨다. 뭔가 이상한 감촉이 느껴져서 깜짝 놀라 올려다보니 아버지의 까만 선글라스 아래로 눈물이 흐르고 있었다. 아버지의 눈물을 보니 가슴속에서 뜨거운 덩어리가 올라왔다. 나는 그 덩어리를 삼키며 서럽게 울었다.

그날 아버지는 막내딸이 두고 간 도시락 때문에 이십 리 길을 걸어오셨다고 했다. 자존심 때문에 문밖에도 나오지 않던 아버지였는데⋯⋯.

그날 이후 아버지는 시름시름 앓으셨다. 제대로 드시지도 못하다가 갑자기 많이 걸은 게 무리였을까, 아니면 사고 후유증이었을까? 약 한 번 제대로 써보지 못하고 선글라스를 낀 채 누워만 계셨던 아버지.

다음 해 봄, 아버지는 뻐꾸기 울음 따라 진달래가 흐드러지게 핀 앞산으로 떠나셨다. 돌아가시기 며칠 전 아버지는 내 얼굴을 만지며 말씀하셨다.

"애비는 네가 얼마나 예쁘게 크는지 다 보인단다."

비록 앞을 볼 수 없어도 자식들이 크는 모습을 다 보고 계셨던 아버지. 보이지 않는 모습을 보려고 무던히도 애를 쓰셨을 아버지…….

가슴이 아려온다. 아버지는 지금도 까만 선글라스를 끼고 나를 보고 계실 것만 같다.

무김치와 내복

난 열애 중이었다. 금테 안경 번쩍거리며 두꺼운 원서를 들고, 가끔씩 두개골 모형을 나에게 자랑하듯 보여줄 때, 난 그 사람의 내적인 모습보단 겉모습에 홀딱 반하고 말았다.

부잣집 아들인 것도 마음에 들었고, 충청도 사투리를 쓰지 않는 것도 매력적이었다. 진회색의 면바지에 레이어드룩으로 받쳐 입은 옷매무새는 또 얼마나 센스 있어 보이던지! 그 사람 앞에선 너덜거리는 청바지 차림의 내 모습이 심히 부끄러웠다. 중학교 1학년 때부터 썼던 손때 묻은 지갑도 창피하기만 했다. 지갑은 어머니가 한 땀 한 땀 코바늘로 떠서 만들어주셨기에, 친구들에게 자랑할 만큼 마음에 들어했던 것이다. 물론 그 사람을 만나기 전까지는. 그러나 이젠 달라졌다. 그저 늘어지고 볼품없는 지갑이었다.

난 어머니를 졸랐다. 그 사람을 위해 근사한 선물을 사야 하는데 돈이 없었다. 우리 집은 형편이 어려웠다. 나는 그 사실이 싫기만 했다. 부엌의 부뚜막에 걸터앉아서 깍두기를 반찬으로 밥을 드시는 어머니에게 자꾸만 달려드는 새까만 파리 떼가 싫었고, 연방 손을 저어가면서 다른 한 손으로 기다란 무김치를 드시는 어머니가 싫었다. 난 그런 어머니를 곁눈으로 바라보면서 손을 내밀었다.

"돈 줘요. 그리고 엄마, 제발 좀 손으로 드시지 마세요. 멀쩡한 젓가락 놔두고 왜 손으로 드세요?"라며 툴툴거렸다.

어머니는 김치 묻은 손을 바지에 쓱쓱 닦고는 속 쌈지 안에서 꼬깃꼬깃한 만 원짜리 세 장을 꺼내 "이거믄 되겠냐?"라며 건네주셨다. 그리고 다시 손으로 무김치를 드셨다.

난 종종걸음으로 집을 빠져나왔다. 내 마음속에서는 계속 '그 의대생과 결혼해 이 지긋지긋한 가난에서 벗어나야지' 하는 생각뿐이었고 발걸음은 더욱 빨라졌다.

난 그를 위해서라면 뭐든지 했다. 그에게 필요한 자료도 찾아주었고, 청소며 빨래도 해주었다. 그 사람의 아내가 될 상상을 하면 손가락이 끊어질 듯한 아픔마저 즐거웠다. 그의 자취방으로 어머니가 담가놓으신 동치미를 퍼 날랐고, 고추 절임과 깻잎 김치도 날랐다. 맛 좋다고 밥을 꿀떡꿀떡 삼키는 그 사람을 위해서라면 뒤란의 장독까지 뒤졌고 뭐든지 다 가져다 바쳤다.

그리고 또 어김없이 손을 벌려서 어머니의 쌈지 속에서 나온 돈을 낚아챘다. 이미 털 지갑은 밭두렁 옆에 버려진 지 오래였고, 난 그것에 대한 아무런 죄책감도 없었다. 그 사람과의 영원한 사랑만을 꿈꾸었기에 낡은 털 지갑 따위에 미련이 있을 리 없었다.

그렇게 사랑을 쏟아오던 어느 겨울의 어스름한 저녁. 그 사람으로부터 결별의 말을 들었다. 그는 "널 위해서야. 헤어져. 각자의 길을 가자"라는 차가운 말만을 뱉어놓고 떠났다. 나는 아무것도 모르고 사 간 내복을 들고 덩그러니 그렇게 서 있었다. 어머니의 바지 속을 뒤지고 쌈지를 뒤져서 훔치듯 꺼낸 돈으로 산 내복이었다.

"자기를 위해 마련한 거야. 어때? 따뜻해 보이지?"

이렇게 그를 위해 연습한 말을 단 한 마디도 꺼내지 못한 채, 터벅터벅 촌길을 걸어서 집으로 돌아왔다. 따뜻한 불빛이 새어 나오는 우리 집이 왜 그토록 반갑기만 하던지…….

난 마른침을 삼키고 문을 열었다. 어머니는 졸린 눈에 버석거리는 머리 모양을 한 채 나를 맞으셨다. 그 순간 나의 눈으로 들어오는 어머니의 모습이란……. 버리기가 아까우셨는지 다 늘어난 아버지의 내복을 입고 계셨는데, 바짝 말라버린 어머니의 가슴살 때문에 내복은 쭈글쭈글했고, 어깨가 자꾸만 내려오는 것을 어머니는 올리고 또 올리시는 것이었다.

아, 난 지금껏 이런 어머니를 위하여 무엇을 했던가? 무김치를 손으로 걸쳐 드신다고 버릇없이 굴고, 그저 당연한 듯 시퍼런 만 원짜리를 낚아채던 나. 그리고 그 돈을 엉뚱한 사람에게 갖다 바치는,

한마디로 불한당 같은 딸 아니었던가? 그런 딸에게 단 한 번의 싫은 소리도 없이 늘 같은 얼굴, 같은 표정으로 돈을 건네주셨던 내 어머니. 그 어머니의 내복 밖으로 드러나는 팔을 부여잡고 난 뜨거운 눈물을 흘렸다.

"아이고, 아가. 왜 그런다냐. 왜 그려? 어디 오면서 누구헌테 맞기라도 했냐. 잉? 말을 좀 혀봐."

난 어머니를 제대로 바라볼 수 없었다. 얼른 그 방을 빠져나와 내복 가게로 달려갔다. 허황된 꿈을 꾸느라 정작 중요한 것을 잊고 살아왔던 나의 시간을 그때부터라도 다시 돌리고 싶었다.

난 어머니를 위해 내복을 바꾸었다. 붉은 리본이 앙증맞게 달려있는, 따뜻한 공기를 담뿍 담고 있는 내복은, 어머니의 발아버린 가슴을 덮어줄 수 있을 것 같았다.

그리고 난 조금씩 그 의대생을 잊었다. 하루하루 그를 잊어가면서 난 그토록 싫어했던 무김치를 어머니와 함께 손으로 집어 먹었다. 사죄하는 마음으로 그렇게 기다란 무김치를 널름널름 베어 먹었다.

함께 앉아 무김치를 걸쳐 드시던 어머니의 모습이 사라진 지금. 해마다 돌아오는 기일을 맞이하면서 새삼스럽게 준비한 두툼한 겨울 내복 위로 눈물만 떨어진다.

천사의 하루

"엄마, 가스레인지 불 안 껐어!"

그날도 나는 깜박 잊었다. 그럴 때마다 녀석은 꼭 한마디씩 한다.

"아빠 있었으면 엄만 혼났을 거야."

"그래, 다음부터는 엄마가 조심할게."

어느새 부쩍 커버린 녀석은 이렇게 시시때때로 잔소리를 한다. 그리고 어김없이 "엄마, 힘내세요~ ♪" 하고 노래를 몇 번이나 불러준다.

얼마 전 첫눈이 온 날, 아빠를 닮아서 유난히 부지런한 녀석은 그날도 먼저 일어나서는 눈이 온다고 야단이었다.

"엄마, 엄마는 썰매 만들 줄 알아?"

"그럼. 잘 만들지."

"아니야. 아빠가 더 잘 만들어."

뭐든 아빠라면 무조건 좋아하며 아빠 칭찬이 대단한 녀석이다.

나는 각목을 잘라서 망치질을 하고 썰매를 만들기 시작했다. 헛 망치질에 손을 찍혀 조금 다치기도 했지만, 새해 첫날에 남편이 만들어주던 추억을 떠올리면서 썰매를 만들었다. 그리고 나는 남편에게 편지를 쓰고 또 소망을 적어서 하늘로 날려 보냈다.

"진수야, 봐라. 아빠에게 부치는 편지, 잘 날아가지?"

진수도 신기한지 "아빠가 빨리 받아서 답장 보냈으면 좋겠어" 하고 농담을 한다. 부쳐도 답장 없는 편지란 걸 이제는 진수가 더 잘 알고 있기에 녀석은 내 얼굴을 한 번 보고 또 보고 했다.

남들처럼 술을 마시지도 담배를 피우지도 않았던 모범적인 남편이요, 자상한 아버지였다. 동네에서는 궂은일을 도맡아 했고, 자신보다 남을 위해서 살았던 그 사람은 씩씩한 소방관이었다.

어느 겨울 찔레꽃 붉은 열매를 따서 갖다 주며 하던 말이 생각난다.

"여보, 오늘 당신 생일인데 일찍 들어올게. 진수야, 아빠 빨리 들어올게."

그렇게 그날도 남편은 철 박힌 무거운 신발을 신고 나갔고, 그날따라 사이렌 소리가 자주 들렸다. 늘 퇴근해서 씻고 또 씻어도 몸에 배어 있던 그을음 냄새.

"진수 어머니, 여기 병원입니다. 빨리 오세요."

불운한 기운이 몰아치면서 자꾸 눈물이 앞을 가렸다. 이런 나를 보고 진수는 왜 우냐고 칭얼거렸다. 거리는 새해를 맞이하기 위한 수많은 인파로 분주했다. 택시 안에서 점잖은 노기사님이 "아주머니, 왜 우세요?" 하고 물었다.

남편과 맞이한 새해 첫날은 거의 없었다. 당직에다가 비상근무까지, 우리 집에 천사가 하나 왔을 때도 남편은 새해를 함께 보낼 수 없었다. 진수는 우리 집에 입양된 천사다.

진수 손을 꼭 잡고 도착한 곳에 남편이 누워 있었다. 황색 제복을 입은 남편의 손이 떨렸다. 남편은 나와 어린 진수, 그리고 동료에게 다 해주지 못한 말을 손가락 하나로 전하고 있었다.

"아빠, 왜 그래? 일어나, 빨리."

평상시와 다른 아빠의 모습을 보며 진수는 그렇게 오열했다.

상주가 돼서 아빠의 영정 사진을 들고 있던 진수의 모습. 진수가 입양되어 우리 가족이 된 지 5년째 되던 해였다.

썰매를 좋아하는 진수. 유난히 아빠의 황색 옷을 좋아하던 녀석이 또 한 번 새해를 맞아서 나를 울린다.

"엄마! 아빠가 새해에 어린이들에게 선물을 줬나 봐. 눈이 와서 너무 좋아."

씩씩하고 바르게 커주는 진수가 무척 고맙다. 밤이고 낮이고 지나가는 사이렌 소리가 들릴 때마다 나는 간절하게 기도한다.

"여보, 먼 곳에서 편히 쉬세요."

그리운 어머니의 손맛

결혼을 한 지 2년. 오전에 작은형님께 전화를 드렸더니 4월 중순이면 꽃게 철이니 대천으로 한번 오라고 하신다. 안 그래도 며칠 전 남편이 꽃게가 먹고 싶다고 했는데, 그 말이 반갑고 고마우면서도 한편으로는 가슴 한쪽이 허전하고 아려온다.

대게로 유명한 영덕에서 어린 시절을 보낸 나와 꽃게로 유명한 대천에서 자란 남편은 해산물과 생선을 무척 좋아한다. 어업을 하시는 둘째 아주버님의 일을 봐주셨던 어머님 덕분에, 우리는 서울에서도 철마다 갖은 해산물을 먹을 수 있었다.

지금과 같은 봄철엔 간장 게장과 양념 게장을 손수 담가 보내주셨고, 바지락, 소라, 또 이름도 모를 조개류와 생선들을 절이고 손질해서는 일회용 팩에 넣어 보내주셨다. 그걸로 우리는 1년 내내 해산물을 먹을 수 있었다.

어머님은 요리 실력이 정말 뛰어나시다. 그런데 남편 말로는 어머님 음식 맛이 예전 같지 않다고 한다. 나는 어머님이 해주신 아귀탕이며 꽃게탕만큼 맛있는 음식은 먹어보질 못했는데도 말이다.

어머님은 내가 뭐든 맛있게 잘 먹어서 예쁘다고 하셨다. 그런 어머님께서 서울로 올라오시면 안방 침대는 나와 어머님의 공간이 되었다. 어머님과 나란히 누워 어머님의 옛이야기를 듣곤 했다.

서해 섬에서 어업을 하시는 아버님을 만나서 고생하면서 사시다가, 스무 살 된 첫딸을 병으로 잃고는 마음이 허해지셨다고 한다. 그리고는 아버님마저 중풍으로 쓰러지시더니 결국 딸 잃은 지 5년도 안 되어 떠나가셨단다. 지금은 이렇게 억척스럽지만 예전엔 어머님도 여자 그 자체였다고 하신다.

어머님은 그렇게 온갖 고생을 하시며 세 아들을 키워내셨다. 막내인 남편이 고등학생이었을 때는 장한 어머니 상까지 받으실 정도로 당당하게 열심히 살아오신 어머님.

그런 어머님이 작년 가을에 갑작스럽게 췌장암 선고를 받았다. 종합검진을 받은 지 얼마 되지 않아 받은 선고였기에 더욱 뜻밖이고 혼란스러웠다. 남편은 임신 8개월이라 배가 한껏 불러 있었던 나를 걱정시키지 않으려고, 어머님에 대한 이야기를 해주지 않았다.

뒤늦게 사실을 알게 된 나는 잠시라도 어머님을 뵈려고 매일 병원에 갔고, 그런 나에게 어머님은 힘들다며 오지 말라고 하셨다. 그럼에도 불구하고 병문안을 감행해서인지 양수가 터지는 바람에 예정

나는 어머님이 해주신 아귀탕이며 꽃게탕만큼
맛있는 음식은 먹어보질 못했다.

일보다 3주나 빨리 분만을 하게 되었다. 2.58킬로그램의 조그만 아기였지만 다행히 건강해서 인큐베이터엔 들어가지 않아도 되었다.

그 무렵 어머님은 병원에서조차 손쓸 수 없을 만큼 상태가 나빠져 대천 이모님 댁으로 가셨다. 그러나 그 와중에도 고생했다며 격려를 잊지 않으셨고, 유아 용품을 준비하라며 돈을 송금해주셨다.

아기가 태어난 지 3주 되었을 때 어머님이 위독하시다는 말에 아기를 데리고 이모님 댁으로 갔다. 어머님은 겨우 의식을 차린 와중에도 아기를 안아보려고 하셨다. 부축해드린 팔이 힘드신지 아기 얼굴을 한참 들여다보시더니 이내 자리에 누우셨다.

다음 날 새벽 어머님은 내 손에 뭔가를 가만히 쥐여주셨다. 돈 오만 원이었다.

눈물이 왈칵 쏟아졌다. 그렇게 사랑을 베푸시고도 모자라 더 주고 싶어하시는 어머님. 여태껏 받기만 했는데…….

두 시간 후, 어머님은 우리 곁을 떠나셨다. 어머님의 얼굴은 곱고 평안해 보였다. 장례식을 마치고 남편과 돌아오면서 내가 그랬다. 어머님은 분명히 천국에 가셨을 거라고……. 남편은 가끔 어머님이 생각나는지, 아들을 보면서 이렇게 말한다.

"아들아! 할머니가 보고 싶어 엄마 배에서 3주나 빨리 나왔지?"

날씨가 따뜻해지면 남편과 아이와 함께 대천에 꽃게 먹으러 가야겠다. 꽃게 먹을 때 어머니 생각이 많이 날 것 같다.

풍선 장수 삼촌

3월, 초등학교에 입학하는 조카를 데리고 학교에 갔다. 동생이 직장을 다녀서 내가 대신 참석하게 된 것이다. 쌀쌀한 아침 공기가 코끝을 시리게 하는데도 조카는 제 엄마가 사준 앙증맞은 원피스를 보이기 위해 코트의 단추를 채우지 않았다.

"감기 걸리겠다. 단추 잠그자."

"싫어!"

내 손길을 뿌리치고 조카는 저만치 도망가 버린다.

학교에 아이들이 하나 둘씩 모여들었다. 새 옷, 새 가방, 새 신발, 모두 말끔한 모습이었다. 내가 초등학교에 입학할 때와는 많이 달랐다.

25년 전, 그날은 아이들과 부모들이 질퍽한 운동장에 가득 서 있었고, 간간이 화환을 든 사진 기사 아저씨들이 보였다. 아이들은 하얀 면 손수건을 이름표에 대고 있었다. 그때도 모두 새 가방을 맸는데 만화 주인공이 그려진 가방이었다. 여자 아이들은 주로 빨간색,

남자 아이들은 남색.

나도 새 가방을 매고 기분 좋게 학교에 갔다. 그런데 그런 기분도 잠시. 다른 친구들의 가방은 한창 인기 있는 만화 주인공이 그려진 것이었는데 내 가방은 여자 아이 그림이기는 했지만 어떤 만화에서 나오는 주인공인지 도무지 알 수가 없는 것이었다. 게다가 고무 가방이라고 해야 하나? 딴 아이들처럼 겉이 헝겊으로 된 게 아니라 비닐로 돼 있어서 아이 눈으로 보기에도 뭔가 좀 모자라는 가방이었다. 세상에서 제일 좋아 보였던 그 가방이 초라하게 보이는 순간, 그 슬픔은 말로 표현할 수 없었다.

하루 종일 엄마 말도 안 듣고 입을 삐죽 내밀었고, 입학식을 끝내고 돌아와서는 엄마께 많이 혼나고 말았다.

"넌 뭐가 그렇게 맘에 안 들어서 하루 종일 입을 내밀고 있니?"

"내 가방 싫어. 내 거만 안 좋아 보여."

"가방은 책만 넣으면 되지. 벌써부터 모양새 내고 겉멋만 들어서는……. 쯧쯧, 그렇게 마음에 안 들면 아버지에게 사달라고 그래!"

엄마는 버럭 소리를 지르고 부엌으로 가셨다.

그날 밤, 아버지는 술에 취해 늦게 오셨다. 아버지가 들어오자 엄마와 아버지는 싸우셨고, 나는 자는 척하며 이불 속에 있었다.

"당신, 정신이 있어요, 없어요? 회사에서 애 가방 사주라고 준 돈으로 술을 마시고 싶어요?"

나도 같이 눈물이 났다. 아버지는 이름이 번듯한 회사에 다니셨는데 한 번도 엄마에게 월급봉투를 주지 않으셨다. 월급날이 되면 아버지는 사나흘간은 집에 들어오시지도 않았다.

"애 가방, 누가 사줬는지 알아? 우리 큰오빠가 사줬어. 풍선 팔아서 자기 입에 풀칠하기도 힘든 큰오빠가 사줬다고!"

풍선 장사 하시던 삼촌. 삼촌이라고 하기에는 너무 늙어서 그냥 동네 할아버지 같은 분이었다. 약간 정신지체 장애가 있으셔서 결혼도 못 하고 좁은 골방에서 지내며 풍선과 솜사탕을 팔아서 근근이 사셨다. 그런 삼촌이 가방을 사주신 거란다. 엄마가 낮에 왜 그렇게 화를 내셨는지 알 수 있었다.

그렇게 학교 생활은 시작됐고 풍선 장수 삼촌은 중풍에 걸리셨다. 외할머니도 중풍으로 돌아가셨는데 골방에 누워 있는 삼촌을 보니 마음이 아팠다. 하지만 누구도 삼촌을 모시려고 하지 않았다. 그래서 하는 수 없이 가족끼리 돌아가면서 돌보기로 합의했다. 그런데 다들 사는 게 바빠서 그런지 약속은 잘 지켜지지 않았다.

그해 겨울, 삼촌은 그렇게 외롭게 돌아가셨다. 벌써 25년 전 이야기다.

조카의 가방은 내가 사줬다. 귀여운 고양이 그림이 그려진 아주 예쁜 가방이다. 조카에게 가난의 그림자는 없지만 훗날 가방을 사준 이 이모를 기억할까?

외할머니의 박하사탕

얼마 전, 마트에 갔다가 '십년감수'라는 말이 실감 나는 일을 경험했다. 한창 말썽을 피우는 네 살배기 둘째 녀석을 잃어버린 것이다. 비록 한 시간도 안 되는 짧은 시간이었지만, 나에게는 10년의 시간이었고, 숨이 턱턱 막히는 고통의 순간이었다. 아들을 찾아 손을 꼭 잡고 돌아오는데 갑자기 눈물이 흘렀다. 사람들이 보건 말건 훌쩍거렸다. 집에 도착하자마자 참았던 눈물이 쏟아져 내렸다. 그냥 한참을 펑펑 울었다.

너무도 이기적이고 못된 내가 싫었기 때문이다. 내 자식 잠시 잃어버렸다고 그렇게 정신이 나간 듯 찾아 헤맸으면서, 외할머니께서 없어졌다는 연락을 받았을 때는 그러지 못했다. 오히려 아이 셋을 데리고 어떻게 찾으러 다니느냐며 맥없이 주저앉은 못난 손녀였다. 외할머니가 계신 하늘을 올려다보기가 부끄러워 그렇게 눈물이 나왔나 보다. 내 속의 부끄러움 때문에.

외할머니는 엄마처럼 따뜻한 분이었다. 늘 일을 하셨던 엄마를 대신해 우리 사 남매를 챙겨주셨고, 형편이 어려울 때마다 남동생을 데려다 키우다시피 하셨다. 내가 직장 생활을 할 때는 막내 삼촌이랑 둘이 살던 할머니 댁에서 지내기도 했고, 설에 손자들 세뱃돈으로 줄 빳빳한 지폐를 바꿔다 드리는 일도 내 몫이었다.

할머니랑 나란히 누워 할머니 고생하던 시절의 얘기며 엄마랑 아버지의 연애 시절 얘기를 듣다 보면 자정을 넘기기 일쑤였다. 하지만 전혀 피곤하지 않았다. 할머니는 무뚝뚝한 막내 삼촌과 지내시다가 늘 종알종알 떠드는 손녀랑 같이 있어서 너무 좋다며 환하게 웃으셨다. 그리고 출근길이면 주머니 속에 박하사탕 몇 알도 늘 챙겨주셨다.

"할머니, 전 박하사탕 싫어요. 담배 끊어야 하니까 할머니나 드세요."

아무리 괜찮다고 해도 점심 먹고 입 심심할 때 먹으라며 막무가내로 넣어주셨다. 난 그 박하사탕들을 모았다가 다시 할머니의 사탕 바구니 속에 몰래 집어넣고는 했다.

내가 여고 1학년 때 외할아버지께서 돌아가셨는데, 할머니는 그해 참 많이도 우셨다. 그리고 할아버지께서 피우시던 담배를 한 개비 두 개비 피우셨는데, 어느 틈에 습관으로 굳어져 담배를 끊지 못하셨다. 엄마나 이모들은 할머니 건강을 생각해 싫은 소리를 하셨다. 그리고 대신 박하사탕을 사다 드렸다.

할머니 댁에서 회사를 다니는 동안 내 주머니 속에는 항상 박하사탕이 있었다. 그 사실이 가끔 황당해서 웃음이 나곤 했다.

10년 전 아버지께서 돌아가시면서 할머니는 우리와 함께 살게 되었다. 가끔은 외삼촌 댁에서 지내기도 하셨지만 많은 시간을 우리 집에서 지내셨다. 난 엄마 몰래 할머니가 좋아하시는 담배를 사다 드리기도 하고, 한번은 할머니랑 강릉까지 장거리 여행을 떠나기도 했다. 강릉 바다를 보며 할머니는 어린아이처럼 즐거워하셨다.

"이제 죽어도 여한이 없다. 네 덕분에 바다도 다시 보고……."

고단한 여행길임에도 불구하고 할머니는 피곤한 모습을 보이지 않으셨다. 할머니는 내가 사진을 찍는다며 포즈를 취해달라고 하면, 소녀처럼 부끄러워하시면서도 해달라는 대로 해주셨다.

지난 4월 초에 남편이 친정에 들러 할머니를 뵈었다고 했다. 그런데 할머니께서 "이보게, 우리 손녀 고생시키지 말고 잘해주고 잘들 살게나" 하셨다기에 혼자 고개를 갸우뚱거렸다.

그리고 4월 말, 갑자기 외숙모에게 전화가 왔다. 할머니께서 집을 나가셨는데 연락이 없으시다는 것이었다. 지방에 사는 이모님들이 올라오고 삼촌들이 모두 찾아 나섰지만 행방을 알 수가 없었다. 난 아기를 안고 울음만 삼킬 뿐 어떻게 할 수가 없었다. 친정엄마나 같은 할머니가 없어지셨는데, 편히 잠을 자고 때 맞춰 밥을 먹는 내가 어쩌나 밉고 싫던지.

　결국 며칠이 지나 경찰서에서 연락이 왔다. 할머니를 찾았다고.
그러나 영영 다시 웃을 수 없는 모습으로 돌아오셨다고⋯⋯.

　할머니는 할아버지 산소가 있는 시골 근처 작은 산에서 발견되었
다고 했다.

　요즘 나에게는 버릇이 생겼다. 그렇게 싫어하던 박하사탕을 좋아
하게 된 거다. 알싸한 박하사탕 냄새를 맡고 있으면, 먹지 않아도
기분이 좋아진다. 주머니에 한두 개 넣고 있으면 할머니 손을 잡은
듯 마냥 행복하다.

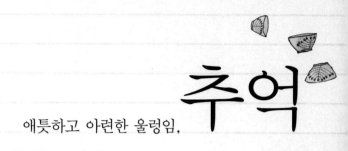

애틋하고 아련한 울렁임, **추억**

멀기만 하던 사립문이

어머니 마음 같도 않은 길이요

깊밤 속 엄마의 편지

최고의 도시락

어머니의 몽당연필

회색 스웨터의 추억

아버지의 때 묻은 돈

할아버지의 유품

구구단과 과 송송 계란찜

엄마의 늘어난 양말

백 송이의 장미

맵기만 하던 시집살이

문득 신혼 초 시집살이를 하던 그때가 생각난다. 스무 살짜리 딸을 둔 사십 대 아줌마이니 벌써 한참 전 일이다. 세상일이 나만 잘하면 되는 줄 알았고, 아내나 며느리 노릇도 마찬가지라고 생각했었다. 하지만 현실은 전혀 그렇지 않았다.

막내 며느리였지만 부모님을 모시고 살기 위해 시댁으로 들어갔는데 첫날부터 만만치 않았다. 농사를 지으시던 아버님께서는 겨울철에는 할 일이 없으신지라, 경로당에서 하루 종일 지내셨는데 집에 들어오실 때는 늘 만취 상태셨다. 집에 들어오시자마자 마당에 있는 쟁기를 집어 던지시기도 하고 며느리인 나에게 소리도 지르셨다. 단 한 번도 다정하고 온화한 모습을 보이신 적이 없었다.

한 달이면 일주일에서 열흘을 밖에서 주무시던 시어머니 때문에 생긴 히스테리가 아니었나 싶어 이해를 해보려고도 했다. 하지만 나는 그때 어머님, 아버님을 포함한 시댁 식구들이 너무 싫었다.

내 앞에서는 좋은 말씀만 하시다가 언뜻 지나가다 들으면 언제나 내 흉을 보시는 어머님, 그 이중적인 면이 특히 더 싫었다. 임신으로 가뜩이나 예민해져 있던 나에게는 도망치고 싶을 만큼 지옥 같은 나날이었다.

새벽에 일어나서 아무리 정성스레 밥을 지어도 잘 먹었다는 소리 한 번 않으시던 아버님. 시내 큰 평수 아파트에 사시는 형님네가 오면 반가운 얼굴로 손자를 안고 좋아하시는 아버님을 뵈면 심한 배신감을 느꼈다.

맛있게 생선을 졸이고 나물을 무쳐서 푸짐한 저녁상을 차리는데, 식사 후에도 화살은 나에게만 꽂혔다. 결혼한 지 채 3개월도 안 된 새댁에게 무슨 불만들이 그렇게 많은지.

남편이 자리에 없을 때는 특히 심했다. 언제 돈을 모으겠냐는 둥, 살림살이가 헤프다는 둥, 심지어는 설거지 중인데 수돗물 아껴 쓰라면서 물을 잠가버리던 시아버지셨다. 계속 그렇게 살다가는 정말이지 정신병원에 가게 될 것 같아서 용기를 내서 분가하겠다고 말씀드렸다. 화를 내시는 형님 내외에게 온갖 소리를 다 들은 다음, 나와 남편은 아무도 거들지 않는 이사를 했다. 그때 나는 산달이 다 차서 배가 남산만 해진 상태였다.

진정한 신혼 생활이 시작됐지만 생각만큼 즐겁지가 않았다. 집에 잘 계시지 않는 어머님 때문에 아버님이 식사를 손수 차려 드셔야 할 걸 생각하니, 늘 걱정이 앞서고 마음이 불편했다.

그 후 우리는 서울로 이사했고 아이를 친정에 맡긴 다음 맞벌이를 시작했다.

결혼 5년째 접어들던 겨울. 아버님은 초라한 공동묘지에 묻히셨다. 마음 놓고 크게 한 번 웃을 일 없으셨던 아버님. 그분의 일생이 바람결에 흩날리는 눈만큼이나 쓸쓸하게 다가와서 그날 참 많이 울었다.

그 후 아버님은 언제나 애절한 눈빛으로 꿈속에 나타나곤 하셨다. 그래서 아버님을 좋은 곳으로 보내드리는 의식을 치렀다. 그랬더니 신기하게도 그 후로는 꿈에 나타나지 않으셨다.

아버님은 사실 마음속으로 나를 사랑하셨던 걸까? 그래서 내게 밥 한 그릇, 옷 한 벌 얻어 입고 좋은 곳으로 가신 걸까?

시집살이하던 어느 날이던가, 하늘에서 내려오는 눈을 보면서, 독한 시집살이를 하셨다는 할머니 생각이 떠올라 펑펑 울었던 그때가 생각난다. 아련한 그리움과 함께 말이다.

어머니 마음 저도 알 것 같아요

결혼 7년 만에 드디어 집 장만을 하게 되었다. 요즘은 편하게 포장 이사를 많이 한다고들 하는데 남편은 굳이 본인이 이삿짐을 싸고 싶다고 했다.

꼬박 하루에 걸쳐 짐을 싸던 중 남편은 장롱 밑에서 빛바랜 앨범 하나를 찾아내고는 환호성을 질렀다. 손수 이삿짐을 싼 이유가 바로 거기에 있었다나.

앨범에는 남편의 어릴 적 사진이 있기도 하지만, 그보다 더 소중한, 군대 시절에 시어머니가 보내주신 편지가 들어 있다고 했다.

앨범을 펼치자 벌거벗은 남편의 돌 사진이 나왔는데 아들이랑 너무나 닮아서 한바탕 웃었다. 중학교 시절 까까머리 사진 등 그 옛날 추억이 모습을 드러냈다.

한 장 한 장 페이지를 넘기자 앨범 속 비닐 사이로 빛바랜 편지가 눈에 들어왔다. 어머니께서 처음이자 마지막으로 보내주신, 단 하

나뿐인 편지라고 했다. 편지를 평생 간직하고 싶어 소중하게 앨범
속에 넣어두었는데 언제부터인가 앨범이 보이지 않았단다. 남편은
얼마나 찾았는지 모른다며 흥분을 감추지 못했다.

비록 달필은 아니지만 한 자 한 자 곱게 써 내려간 어머님의 편지
를 읽고 난 그만 눈물을 흘리고 말았다.

사랑하는 아들아!

밭에 갔다 돌아오니 땀이 비 오듯 하는구나. 유달리 더운 올여름에 내
아들이 입대해 고생한다고 생각하니 이 엄마의 마음이 아프구나. 배가 고
파도 이 더위에 고생할 널 생각하니 차마 수저를 못 들겠다.

얼마 전 네가 입고 간 사복이 집으로 왔을 때, 같이 온 중대장님의 편지
에 적힌 연락처로 이 엄마는 무식하게 전화를 했단다.

"중대장님, 이렇게 더운 날도 훈련을 합니까?"라고 하자 "어머니, 걱정
마세요. 오늘은 훈련 안 하고 쉽니다" 그러더구나. 그 말을 들으니 거짓말
이란 걸 알면서도 한결 마음이 놓이더구나.

석아! 얼마 전 전화했을 때, "시원한 식혜 한 그릇 먹었으면 좋겠다"라
는 말을 듣고 엄만 정신없이 식혜를 만들었단다. 천 리 길이라도 가지고만
오라면 한달음에 갈 텐데 먹고 싶다는 네게 가져다줄 수는 없지만 그래도
만들었다.

요즘 이 엄마는 지나가는 군인들만 보면 마치 너를 보는 듯해 눈물이 난

단다. 그래서 그런지 오늘 네 아빠랑 한바탕 싸우고 말았지. 포도를 수확해 장에 팔러 가던 중 더위 속에서 두 줄로 행진하는 군인들이 보이더구나. 엄만 순간 눈이 확 돌아가는 듯해 나도 모르게 네 아빠에게 차를 세우라고 하고 포도를 군인들 손에 한 송이씩 쥐여주었단다.

어느새 달려온 중대장이 왜 그러시냐고 하기에, 이 엄만 내 아들도 군에 가서 보고 싶어 그런다고, 제발 군인들에게 포도를 줄 수 있도록 해달라고 울먹이며 말했단다. 부모 마음이 그렇듯 비록 네가 먹을 수는 없지만 그렇게라도 하고 싶더구나. 결국 그날 장에 팔려고 가지고 가던 포도를 군인들에게 나누어주고 마지막 한 상자까지 차에 실어 보냈단다.

목이 말랐는지 게 눈 감추듯 먹던 모습에 또 한 번 마음이 아프더구나. 네 아빠도 처음엔 역정을 내시더니 나중엔 슬그머니 뒤쪽에서 많이 먹으라고까지 하셨지. 돈으로 치면 몇십만 원 되겠지만 엄마는 하나도 안 아까웠단다.

항상 맏이로 이 엄마를 실망시키지 않았던 아들이기에 엄마도 널 믿는단다. 건강에 신경 쓰고, 이 엄마는 건강히 잘 있으니 걱정 마라.

엄마는 오늘도 우리 아들 면회할 수 있는 날만을 기다린단다.

엄마가

평소 아들에 대한 사랑이 남다른 분이라는 건 알았지만, 이렇게 애틋한 편지를 보내셨으리라곤 상상을 못 했었다. 시댁에 가면 어머님이 당신 아들 건강만 챙기시는 것 같아 내심 질투 아닌 질투를 했는데, 나도 막상 자식을 낳아 키워보니 어머님의 마음을 조금은 알 것 같았다. 세 살 난 아들이 노는 모습을 보노라면, 어머님의 그때 심정이 느껴진다.

남편은 "당신은 우리 민호 군대 가면 아마 군부대 근처에 방 얻어놓고 매일 면회 갈 걸" 하며 놀린다.

사실 눈에 넣어도 아프지 않을 아들인데, 당신 아들을 군에 보내놓고 얼마나 보고 싶어하셨을지, 이 한 장의 편지로 가슴 뭉클하게 느낄 수 있었다.

김밥 속 엄마의 편지

오늘 문득 집 안을 정리하다 편지 꾸러미를 모아둔 상자를 열어 보았다. 그 많은 편지 속에 유일하게 꼬깃꼬깃 접혀 있는 쪽지 하나. 10년 전 엄마가 주신 편지였다. 그 쪽지 안에는 지난날 엄마의 고생과 엄마가 나에게 베푸신 사랑이 차곡차곡 쌓여 있었다.

엄마는 우리 사 남매 잘 키워보겠다고, 비좁은 방 한 칸에서 콩나물을 길러 시장 바닥에 신문지를 깔고 앉아 파셨다. 때로는 시골에서 보내준 곡식과 채소들도 신문지 위에 올랐고, 갖가지 반찬을 만들어 팔기도 하셨다.

내가 스무 살이 되었을 때는 두 평도 채 안 되는 작은 분식집을 열게 되었다. 엄마는 조금 덜 먹으며 열심히 모으니까 이런 좋은 날도 있다며 기뻐하셨다.

전철역 근처라서 늦게까지 손님이 많았다. 보통 새벽 두 시까지는 라면 배달을 하고 김밥도 말아 팔아야 했다.

그러던 어느 날, 옆 당구장에서 라면 다섯 그릇을 주문했다. 나는 머리 위에 큰 쟁반을 얹고 천천히 당구장으로 향했다. 당구장이 2층이어서 계단을 오르는데 1층에 있는 호프 집에서 내 친구들이 나오는 것이었다. 그 시간에 술 한잔을 함께할 여유가 있는 친구들이 몹시 부럽기도 했고, 라면을 머리에 이고 있는 내 모습이 초라하게도 느껴졌다.

　순간, 친구들과 알은척을 하려다 나도 모르게 그만 쟁반을 엎고 말았다. 뜨거운 라면 국물이 엎어지며 바지를 적셔 다리가 후끈거리고 따가웠다.

　친구들은 여기저기 굴러 떨어진 그릇들을 모아주고, 휴지를 꺼내어 내 팔과 다리를 닦아주었다. 그러나 고마운 마음보다는 창피한 마음이 앞섰다. 불어터진 라면 건더기를 담아 포갠 그릇들을 이고서 다시 가게 앞까지 왔다. 하지만 엄마에게 혼날 것만 같아서 도저히 들어가지 못하고, 그 길로 집으로 되돌아오고 말았다.

　방 안에서 쪼그리고 앉아 있다가 깜박 잠이 들었다. 어렴풋이 엄마가 들어오시는 소리가 들려 시계를 보니 새벽 두 시가 다 되어가고 있었다. 엄마 얼굴을 쳐다볼 수가 없어 그대로 벽을 향해 돌아눕고는 꼼짝도 하지 않았다. 엄마는 내가 깨기라도 할까 봐 조심스레 들어오셨다. 그러고는 이불을 펴고 나를 천천히 쓰다듬으셨다. 엄마에게선 여전히 익숙한 라면 냄새가 나고 있었다. 엄마는 나의 이

마를 한번 쓰다듬고는, 어디 다친 데는 없는지 이곳저곳을 살피셨다. 엄마가 눈물을 흘리고 계시다는 것을 눈을 감고 있어도 알 수 있었다.

다음 날 아침, 엄마는 공부하다가 배고프면 먹으라고 전날 팔다 남은 김밥을 싸주셨다. 여느 때 같으면 또 김밥이냐며 안 가져간다고 못난 투정을 부렸을 것이다. 그렇지만 내가 잘못한 일이 있어서 아무 말도 하지 않고 김밥 봉지를 받아 들고 집을 나왔다.

점심때 친구들과 김밥을 먹으러 매점에 갔다. 김밥 봉지를 열어 보니 그 안에 팔다 남은 김밥보다 더 꼬깃꼬깃한 쪽지가 있었다.

사랑하는 내 딸 보아라.

우리가 서울로 올라온 지도 벌써 10년이 넘었구나. 10년 전 겨울, 널 처음 서울로 데리고 왔을 때가 생각난다. 또래 친구들은 옷도 잘 입고 학용품도 좋은 것 쓰는데 넌 그렇게 할 수가 없었지. 연필 사라고 돈을 줘도 너는 이 엄마를 생각해서 몽당연필이 될 때까지 쓰곤 했었지. 그런 네가 얼마나 대견스럽고 고마웠는지 모른다. 지금도 네가 얼마나 절약하며 생활하는지 이 엄마가 다 안단다.

네 나이 스무 살이나 되었는데도 마음껏 놀지도 못하고, 배달만 시키고 설거지만 시켜서 미안하구나. 어디 다친 데는 없니? 많이 놀랐지.

싫어하는 줄 알면서도 김밥밖에 싸줄 게 없어서 미안하구나. 오늘 저녁에는 일찍 오려무나. 네가 좋아하는 치킨 시켜줄게.

우리 딸, 엄만 네가 있어 참으로 든든하단다. 그리고 변변한 옷 한 벌 없는데 언제 시장에 함께 가자꾸나. 공부 열심히 해라.

엄마가

눈물이 뚝뚝 떨어져 바지를 적셨다. 친구들은 왜 그러느냐고 자꾸만 물어보는데 차마 말을 할 수가 없었다. 엄마에게 미안한 마음에 눈물이 자꾸 흘러서 김밥도 제대로 먹질 못했다. 내가 쓰던 연습장을 뜯어 쓰셨는데 맞춤법도 틀리고 글씨도 삐뚤삐뚤했지만, 그 늦은 밤에 이 딸의 마음을 풀어주기 위해 편지를 쓰셨다고 생각하니 너무 죄송하고 한편으로는 행복했다.

지금도 엄마는 음식 장사를 하고 계신다. 오늘도 지난날처럼 뜨거운 불 앞에서 온몸이 흠뻑 젖고 계실 엄마. 아이 키우고 집안일 하면서 가끔 힘이 들 때, 엄마의 편지를 꺼내본다. 그때 엄마가 내게 주셨던 사랑. 그 사랑을 나도 내 아이들에게 베풀 수 있을지 모르겠다.

"엄마, 이젠 제가 효도할게요."

최고의 도시락

어머니는 아버지의 학대와 폭력에서 시달리다 어린 나를 데리고 나와 낯선 도시에서의 생활을 시작하셨다.

내가 초등학교에 입학할 무렵, 어머니의 노력 덕에 작지만 우리 모자가 편하게 지낼 수 있는 아담한 전세방 한 칸이 생겼다.

어머니는 새벽부터 리어카에 채소를 싣고 동네방네 돌아다니며 장사를 하셨다. 그러나 내가 6학년 무렵, 어머니가 오토바이 사고를 당하셨다. 허리를 다치신 어머니는 그 몸으로도 돈을 벌겠다고 집에서 부업을 시작하셨다.

학교에 갔다 오면 언제나 집 안에 마늘 냄새가 풍겼다. 한 푼이라도 벌어보겠다고 애쓰셨던 어머니. 마늘 뭉치를 매일 매일 가져와 손이 다 닳도록 까고 까고 또 까고……. 지금도 나는 마늘 냄새만 맡으면 그 시절이 생각난다.

언젠가 소풍 가던 날로 기억한다. 어머니는 새벽부터 일어나 주인아주머니께 사정사정하셨다. 마늘 깐 임금을 받으면 드린다며, 만 원을 빌리고 계셨던 것이다.

돈을 구하신 어머니는 당신의 배고픔은 생각지도 않고 김밥을 싸기 시작하셨다. 이것저것 소풍에 필요한 것을 챙기던 나는 김밥을 맛보기 위해 부엌에 들어갔다. 어머니가 내 손에 들려주신 도시락 속엔 빨간 김치 김밥이 들어 있었다. 남들처럼 햄이며 야채며 고기 같은 것은 찾아볼 수 없었고, 오로지 김에 밥과 김치를 넣고 돌돌 만 어머니의 손맛이 밴 김밥.

김밥을 싸려다 쌀이 떨어진 걸 확인하고, 주인아주머니께 돈을 빌려 칠천 원어치 쌀을 사서 말아준 어머니의 김밥이었다. 그리고 어머니는 남은 돈 삼천 원을 접고 또 접어서 내 주머니에 넣어주시며 친구들과 맛있는 거 사 먹으라고 하셨다.

하지만 나는 그런 어머니의 정성을 무시하고 그날 소풍을 가지 않았다. 그 김치 김밥을 친구들 앞에 꺼내놓을 자신이 없었기 때문이다. 어머니께는 거짓말을 하고 동네 뒷산으로 올라가 낮잠을 잤다.

일어나 보니 어느새 오후가 되어 배 속에선 밥 달라는 소리가 요동을 쳤다. 그때 어머니가 싸주신 도시락을 펼치고 한입에 김밥을 넣었는데……. 세상에 그렇게 맛있을 수가 없었다. 어머니께 죄송한 마음이 든 나는 도시락을 깨끗하게 먹어치운 후 집으로 내려갔다.

그런데 집 앞에 구급차가 와 있었다. 늘 배가 아프다던 어머니는 맹장이 터졌고 주인아주머니가 구급차를 부른 거였다. 배가 너무 아파 마당까지 기다시피 내려와 주인아주머니가 발견했을 땐 거의 실신에 가까웠다고 한다.

병원에서 우리 모자는 더 큰 아픔을 느낄 수밖에 없었다. 왜냐하면 당시 이십만 원이나 하던 수술비 때문이었다. 그 돈이 우리에겐 얼마나 큰돈이었던지······.

그나마 살고 있던 방도 어머니가 허리를 다치실 때 병원비로 내고, 월세로 살다가 월세마저도 제때 내지 못해 보증금을 깎아가며 살던 때였다.

난 그날 이후 새벽에 신문 돌리는 일을 시작했다. 무척 힘들었지만 내 사정을 봐주신 신문 보급소 사장님께서 미리 선불로 주셨다. 덕분에 그 돈을 병원비에 보탤 수 있었다. 나는 내 힘으로 뭔가 한 것 같아 기뻤다.

중학교 3학년 때 졸업을 6개월 남기고는 공납금 때문에 매일 불려 다녀야 했다. 학교에서 공부 소리보다는 공납금 얘기만 듣던 나는, 그런 가난이 싫어 얼른 성공해서 어머니를 모셔야겠다고 다짐하곤 했다.

그 후 나는 서울로 올라와 온갖 일을 하며 기반을 잡아갔다. 서울 올라오기 전, 어머니께는 신문 배달로 번 돈과 편지 한 장을 남겼다.

"엄마! 얼마 안 되지만 이 돈으로 밥 꼭 챙겨 드세요. 죄송해요,

엄마. 꼭 성공해서 돌아올게요."

　벌써 집 떠나온 지 10년이 지났지만 떠나올 때의 그 느낌만큼은 지워지지가 않는다. 지금은 어머니를 모시려고 준비하고 있지만 아직까지 사정이 여의치 않다. 아직도 나는 예전의 그 밋밋한 김치 김밥이 너무나 그립고 먹고 싶다.

　"어머니, 조금만 더 기다려주세요. 행복하게 해드릴게요."

어머니의 몽당연필

우리 집은 퍽도 가난했었다. 몸이 편찮으셔서 집에 계셨던 아버지와 시장에서 노점상을 하셨던 어머니, 항상 가난한 것이 불만이었던 세 살 어린 여동생, 그리고 나까지 네 식구가 살았다.

동생은 정말 자기만 아는 아이였다. 뭐든 새것을 보면 자기 것이 되었고, 특히 맛난 것을 보면 누구보다 먼저 먹어봐야 했다. 다른 집은 언니나 오빠가 입고 쓰던 것을 동생이 물려받는 게 보통인데 우리 집은 정반대였다. 처음에는 짜증도 내보고 투정도 부렸지만 돌아오는 것은 엄마의 긴 한숨뿐. 언니가 양보하라는 아버지의 말씀에 난 모든 것을 포기해야 했다.

특히 비교되는 것은 학용품이었다. 내 철제 필통에 든 몽당연필 세 자루는 자기들끼리 옹기종기 모여 키 자랑을 했는데, 그중의 한 자루는 볼펜 대에 몸을 맡겨 지탱하고 있었고, 반쯤 녹슨 연필 깎는 칼은 그들 위에서 자리를 잡고 있었다.

그런데 동생의 필통은 우리 집 옆 고물상에서 주워온 것이긴 했지만, 만화가 그려져 있는 2단 자석 필통에다, 좋지는 않아도 내 것보다 두세 배는 긴 연필들로 가득 채워져 있었다.

동생의 필통을 볼 때면 항상 부러움과 시기가 교차되었다. 동생은 그 연필에다 이름을 새겨놓아 자기 것임을 확인시켰고, 어쩌다 내가 동생의 연필을 쓰는 날이면 한바탕 난리가 났다.

학교를 마치고 집에서 숙제를 할 때면 동생은 여러 가지 종류의 연필들을 사용해 깨끗한 글씨로 숙제를 척척 해냈다. 그에 반해 나는 그 뭉툭한 연필로 손가락에 있는 힘을 다 주어 꾹꾹 눌러 쓰다 보니 공책이 찢어지는 일이 다반사였다. 또 가끔은 연필 끝에다 침을 묻혀 쓰기 때문에 공책이 깨끗할 리가 없었다. 하지만 연장이 좋다고 해서 일을 잘하는 건 아니듯이 공부는 언제나 내가 훨씬 더 잘했다.

한번은 중간고사가 끝나고 성적표가 나왔는데 난 우리 반에서 5등을 했고 동생은 중하위권에 머물렀다. 엄마는 내가 맏딸 구실을 잘해준다고 칭찬을 하시며 필통과 새 연필을 한 다스 사주셨다. 그것이 얼마나 기쁘던지……. 지금 생각해봐도 웃음이 절로 나온다.

그런데 샘이 많던 동생의 불만은 시간이 갈수록 심해졌다. 밥도 잘 먹지 않고 짜증만 냈다. 그래서 보다 못한 내가 큰맘 먹고 새 연필을 두 자루 줬는데, 동생은 연필을 툭 던져버리는 것이었다.

그런 동생이 미운 생각이 들어 "너 앞으로 내게 연필 달라고 하지 마. 너도 공부 잘해봐. 혹 아니? 엄마가 또 상으로 사줄지"하며 동생이 한 것처럼 연필에다 이름을 새겨 넣었다.

그 일이 있은 후 얼마 지나지 않아 우리 집에는 큰 회오리바람이 불어닥쳤다.

동생은 자기가 갖고 싶은 것은 어떻게든 갖고야 마는 성격이다. 동생은 내가 갖고 있는 것들을 부러워하면서도 말은 못 하고 끙끙 앓기만 했다. 그런데 얼마 지나지 않아서 갑자기 동생이 말수가 적어지고 사람들의 눈치를 보기 시작했다. 이상하다고 생각은 했지만 대수롭지 않게 여겼다.

그러던 어느 날 전에 보지 못했던 상자 하나를 우연히 발견했다. 열어보니 그 안에는 새 연필과 지우개가 가득했다. 난 내 눈을 의심했다. 갑자기 동생의 얼굴이 스쳐 지나가면서 가슴이 콩닥콩닥 뛰었다.

겁이 난 나는 아버지에게는 말씀도 못 드리고 엄마에게 뛰어가 말씀드렸다.

"못된 것, 아니 이게 말이 돼? 무슨 이런 경우가 다 있니! 내가 누구를 믿고 사는데."

엄마는 눈물을 흘리시며 손수레를 정리하셨다.

"엄마, 정순이 지금 집에 없으니깐 내가 찾아서 올게. 엄마는 계속 장사나 해. 응?"

내가 말렸지만 엄마는 막무가내셨다.

집에다 손수레를 갖다 놓고, 그 종이 상자를 확인하신 엄마는 동생을 찾기 시작했다. 동생은 아무것도 모른 채, 학교 운동장에서 친구들이랑 고무줄놀이를 하고 있었다.

엄마는 동생을 집 근처 공원으로 데리고 가셨다. 영문을 모르는 동생은 내 얼굴을 한번 보고는 다시 엄마 얼굴을 쳐다보았다. 그때 난 엄마의 그토록 슬픈 얼굴을 처음 봤다.

엄마가 동생 앞에 그 종이 상자를 내놓으시자, 동생은 놀란 토끼눈을 하고는 어쩔 줄 몰라 했다.

"정순아, 엄마가 정말 미안하다. 너희에게 좋은 것, 예쁜 것 다 해주고 싶었는데……. 부모 잘못 만나서 이런 나쁜 짓까지 하게 했으니, 엄마가 너희에게 할 말이 없다. 그렇지만 엄마는 우리 딸들을 믿었다. 없이 살아도 정직하고, 착하게 잘 자라줄 거라고 생각했는데……. 엄마의 기대가 너무 컸던 거니?"

엄마의 말씀에 동생은 눈물을 뚝뚝 흘렸다.

"엄마, 제가 잘못했어요. 저도 언니처럼 공부 잘해서 엄마에게 칭찬도 듣고, 상으로 연필과 새 필통도 받고 싶었어요. 그런데 전 공부도 잘 못하잖아요. 그래서 저도 모르게 못된 생각을 했어요. 엄마, 다시는 나쁜 짓 안 할게요. 한 번만 용서해주세요."

동생은 엄마에게 손이 발이 되도록 빌었다.

엄마는 그 종이 상자를 학교 앞 문방구로 가져가서 주인아주머니께 사정 이야기를 했다. 그리고 물건 값을 계산하시고는 계속 머리를 숙이셨다. 그런 엄마의 모습을 먼발치에서 바라보며 우리는 또 눈물을 흘려야만 했다.

그날 저녁 집으로 돌아와 잠자리에 들려고 하는데 엄마가 연필 두 자루를 보여주셨다. 난 그렇게 작은 몽당연필은 처음 봤다. 알고 보니 그 연필은 도저히 쥐기가 힘들어 버렸던 내 연필들이었다. 엄마는 깎기도 힘든 그 연필을 끝까지 잘 깎아서 볼펜에다 꽂아놓으셨다.

"엄마, 이게 뭐야?"

"몽당연필이지! 너희가 못 쓴다고 버린 이 연필들을 엄마가 가지고 있으려고……. 왜냐면 나중에라도 너희가 보고 예전의 힘들었던 순간을 잊어버리지 말라고. 오늘 이 순간을 너희가 영원히 기억했으면 좋겠어."

18년이 지난 지금 추억의 책장을 덮고, 그 시절 엄마가 주신 몽당연필을 만져본다. 난 지금 엄마와의 약속을 잘 지키고 있는 걸까? 내 자신을 가만히 들여다본다.

회색 스웨터의 추억

옷 정리를 하려고 서랍 장 속을 뒤지다가 낡고 오래된 스웨터를 보았다. 십수 년 세월의 아픔을 고스란히 간직한 작은 털옷. 왈칵 눈물이 쏟아졌다.

열린 서랍 장을 대충 정리하고 서둘러 장애 요양원으로 향했다. 벌써 몇 년째 그곳에서 봉사 활동을 하고 있다. 휴일이라 놀러도 가고 싶고 늦잠도 자고 싶지만 유혹을 뿌리친다. 팔랑이는 나뭇잎들의 인사를 받으며 봉사 활동 길에 올랐다. 이 봉사 활동은 나와의 약속이기도 하지만 어린 시절 누군가에게서 받은 고마움을 돌려주려는 데에 또 다른 목적이 있다.

얼마 전, 오랜 시간 함께 봉사 활동을 해온 건실한 청년이 나에게 청혼을 했다. 눈빛이 호수같이 맑은, 게다가 천사의 미소를 닮은 그에게 나는 아무 대답도 하지 못했다. 속으로는 너무 기뻤지만, 아직 아무에게도 말하지 못한 마음속의 비밀이 남아 있었기 때문이다.

어린 날, 부모님이 한꺼번에 돌아가시고 나는 할머니와 함께 살았다. 그러다 할머니는 거동이 불편해지더니 알 수 없는 병에 걸리셔서 멀리 섬으로 떠나셨다. 혼자 남겨진 나는 당숙의 손에 이끌려 고아원에 들어갔다. 적응하기 어려운 새로운 생활은 하루하루가 절망과 외로움 뿐이었다. 먹어도 배가 고프고 한없이 허전했으며, 세상에서 버림받았다는 생각이 마음속의 상처만 키웠다.

그러던 어느 날, 새로 오신 수녀님이 따스한 손길을 내미셨다. 몽당연필도 볼펜 대에 끼워서 예쁘게 깎아주시고, 글씨를 잘 쓴다고 칭찬도 해주셨다. 처음으로 들어본 칭찬이 얼마나 큰 기쁨을 안겨주던지……. 그렇게 아름다운 음성은 처음 듣는 것 같았다. 학교에서 겪는 따돌림도, 부모님 없는 설움도 그 순간만큼은 모두 잊을 수 있었다.

하루는 수녀님이 등교하는 나를 부르시더니 회색 스웨터를 입혀주셨다. 깃털처럼 보드라운 털옷을 입으며 행복이라는 단어는 이럴 때 쓰는 거구나 하고 생각했다. 아무리 차가운 바람이 불어도 그 옷만 입으면 춥지 않았다.

한참 지나 나는 그 옷에 사연이 있다는 것을 알게 되었다. 수녀가 되는 걸 반대했던 수녀님의 언니가 동생 생일 선물로 스웨터를 손수 떠주셨단다. 그 선물을 수녀님은 유난히 추위를 많이 타는 어린 나를 위해서 다시 푸신 것이었다. 구불거리는 실을 끓는 물에 김을 쏘

늦은 밤 한 올 한 올 뜨개질을 하셨다. 그리고
자그마한 스웨터를 완성하여 나에게 입혀주신 것이다.

인 다음 새것처럼 곧게 펴고는, 늦은 밤 한 올 한 올 뜨개질을 하셨다. 그리고 자그마한 스웨터를 완성하여 나에게 입혀주신 것이다.

가장 사랑하는 사람에게 받은 선물을, 아낌없이 누군가에게 돌려주셨던 수녀님의 따스한 사랑. 그 사랑이 내 가슴 깊숙이 오래오래 남아 있다.

학교를 졸업하고 사회 생활을 하면서도 나는 작아진 스웨터를 항상 끌어안고 다녔다. 내가 받은 유일한 선물이며 가장 소중한 보물이었기 때문이다. 누군가에게 자랑하고 싶었지만, 그러다 보면 내 지난날이 아픔이 되어 나를 슬프게 할까 봐 아무 말도 하지 않았다.

이제 어른이 된 나는 수녀님이 사무치게 그립거나, 회색 스웨터의 감촉을 느끼고 싶을 때는 봉사 활동을 하는 곳으로 달려간다. 내 어린 시절의 모습을 닮은 꼬마 친구가 있고 병든 노인들이 내 손길을 기다린다. 그곳에는 수녀님의 음성이 아직도 생생하게 남아 있다.

장미꽃 한 다발을 내밀며 내게 청혼한 그 사람. 모든 것을 말할 수는 없었지만 일요일마다 그 사람을 만나고, 유년의 나를 만나는 일은 이제 새로운 희망이 되었다. 척박한 땅에서 찬란하게 피어난 들꽃처럼 내게 사랑을 가르쳐주신 수녀님……

사랑은 전염성이 강한 바이러스인가 보다. 오래도록 내 기억의 언저리에 향기를 전하는 수녀님이 무척 보고 싶다.

아버지의 때 묻은 돈

저녁 준비를 하고 있었다. 세 살 난 둘째 아들 녀석이 너무도 조용했다. 녀석이 조용하다는 건 문제를 일으키고 있다는 신호다.

살금살금 큰방 문을 열어봤다. 아니나 다를까 녀석은 어디서 꺼냈는지 가위로 천 원짜리 지폐를 자르고 있었다. 깜짝 놀라 가위를 뺏고 아이의 엉덩이를 몇 대 두들겼다. 돈의 중요성과 가위의 위험성에 대해 한참을 설명했지만, 녀석은 이해를 못 하는 듯 눈만 껌뻑거리고 있었다.

"휴!"

긴 한숨이 나왔다. 테이프를 찾아 잘린 돈 조각을 하나하나 맞추어나갔다. 잘린 돈 조각의 아귀가 맞아 들어가고 돈의 형태가 완성되자 떠오르는 얼굴이 있었다.

바로 아버지였다.

내가 초등학교 6학년이던 때의 일이다. 아버지는 강원도 탄광의

광부였다. 시꺼먼 석탄 더미 속에서 일을 하다 보니, 목욕을 해도 눈 부분은 화장을 한 것처럼 항상 검어 보였다. 당시 우리 가족은 떨어져 지내고 있었다. 학교와 가까운 곳에서 엄마랑 우리가 살았고, 아버지는 탄광 근처의 사택에서 혼자 지내셨다. 그래서 주말마다 아버지께 반찬을 가져다드려야 했다.

그 일은 오빠나 내 몫이었는데 불평은커녕 서로 가고 싶어 안달을 했다. 덜커덩거리는 기차를 타고 가는 것은 즐거운 일이었다. 게다가 인색한 엄마와 달리 과자나 먹을거리를 준비해두셨다가, 우리가 가면 실컷 먹게 해주시는 아버지가 좋았다. 무엇보다 최고의 즐거움은 차비를 받아서 쓰고 남은 돈이 우리 몫이 되는 거였다. 나중에는 반찬 가져다드리는 날을 기다리기까지 했다.

그러던 어느 겨울이었다. 간밤에 폭설이 내려 아버지 계신 곳까지 버스가 올라가지 못했다. 휴대전화는커녕 일반 전화도 귀하던 때였다. 엄마의 걱정은 다음 날 아침까지 계속되었다. 하지만 월요일엔 우리는 학교를 가야 했고 엄마는 일을 나가야 했다.

한 주를 다 보낸 토요일. 그때야 아버지를 찾아가게 되었다. 아버지가 일을 나가신 빈집에 들어가 찬장을 열어보았다. 반찬이라고는 김치밖에 없었다. 그것을 보는 순간 어린 마음에도 목에서 울컥하는 것이 치솟았다. 갑자기 아버지를 위해 뭔가를 해드리고 싶다는 생각이 들었다.

나는 우선 가져간 반찬들을 정리했다. 그런 다음 때가 타 보이는 이불 홑청을 뜯어 벅벅 빨기 시작했다. 빨고, 삶고, 그리고 풀까지 먹여 빨랫줄에 걸쳐놓으니 속이 후련해졌다. 밤늦게 퇴근하고 오신 아버지께서 이불 홑청을 빨아 넌 걸 보셨다.

"날도 추운데 뭐 하러 빨았냐. 금방 까매질 텐데……. 허허."

말씀은 그렇게 하셔도 대견한 듯 웃으셨다. 다음 날, 방 안 난로의 힘으로 뻣뻣하게 마른 홑청을 걷어 착착 접었다. 그러곤 아버지께 꾹꾹 밟아달라고 부탁드렸다. 다 마른 홑청을 서툰 바느질 솜씨로 듬성듬성 꿰맸다. 제법 새 이불 티가 나는 것이 보기만 해도 기분이 좋았다.

저녁 무렵 집으로 돌아갈 채비를 하는데 아버지께서 차비를 하라며 내 주머니에 돈을 꾹 찔러주셨다. 버스 안에서 슬그머니 꺼내보았다. 시꺼먼 석탄 때가 드문드문 묻어 있는 천 원짜리 두 장. 그걸 보고 있자니 눈물이 핑 돌았다.

석탄 때로 검어진 아버지의 눈꺼풀이 떠올랐다. 탄광 사고가 빈발하던 때였다. 언제 무너질지 모르는 지하 갱도에 내려가 목숨을 걸고 번 돈이라는 생각에 정신이 퍼뜩 들었다. 그날 이후 나의 생각은 한 뼘 넘게 쑥 자라났던 것 같다.

오빠가 대학교에 진학하자 아버지는 탄광 생활을 청산하고 서울로 올라오셨다.

세월이 흘러 나는 직장인이 되었다. 그 무렵 아버지는 다리 수술을 받고 한동안 목발을 짚고 다니셨다. 어느 날 출근길에 저만치 앞서가는 아버지를 보게 되었다.

낡은 노란색 점퍼 차림에 목발을 짚고 절룩거리며 걷는 아버지의 뒷모습. 그 모습이 어찌나 크게 다가오던지, 한순간 가슴이 쿵 하고 내려앉는 느낌이었다. 걸음을 멈추고 잠시 서 있다가 황급히 주머니를 뒤졌다. 마침 오천 원짜리 한 장이 손에 만져졌다.

"아버지, 아버지! 같이 가요."

소리소리 지르며 달려가니 아버지께서 깜짝 놀라 돌아보신다.

"아침 일찍 어디 가세요?"

"운동을 해야 하루라도 빨리 걷는다고 해서 동네 몇 바퀴 돌려고. 지금 출근하냐?"

"네, 아버지. 지금 이것뿐인데 낮에 순대 사 드세요. 술은 드시지 말고요. 저 이만 가요."

예전에 아버지께서 내 주머니에 이천 원을 넣어주셨듯이 황급히 아버지 주머니에 오천 원을 넣어드렸다. 너무 작은 돈을 드려 부끄러운 마음에 도망치듯 정류장으로 달려갔다.

세월이 흐르면서 아버지가 보고 싶다는 생각이 점점 엷어진다. 아버지를 생각하는 날보다 잊고 사는 날이 훨씬 더 많다. 그런데 신기하게도 아이를 낳고 몇 달 안 되어 꿈속에 아버지가 나타나셨다.

나는 아버지께 "아버지, 제가 낳은 아기예요. 예쁘죠?"하면서 자랑을 했다.

이제 나이를 먹다 보니 서늘한 바람 한 자락에도 가슴 시리는 날이 많다. 누군가의 서운한 말 한마디에 며칠씩 가슴앓이를 하기도 하는데, 그럴 때 어린 날의 기억을 떠올리면 괜스레 웃음이 난다. 그리고 가슴 한구석이 따뜻해진다.

"참, 아버지. 저 그래도 아버지 생각을 아주 안 하고 사는 것은 아닌가 봐요. 어느 날 뜬금없이 아버지 좋아하시던 수제비나 순대가 먹고 싶은 날이면, 아버지가 몹시도 보고 싶거든요."

할아버지의 유품

우리 아파트에는 유난히 부지런한 할머니가 많다. 아파트 사이 사이, 자그마한 자투리 땅마다 할머니들이 갖가지 채소를 심으셨다. 호박이며 열무며 파 등등 갖은 채소가 싱싱하게 자라는 것을 보면 너무 신기하다.

할머니들은 아침 일찍 일어나 호미, 바구니 같은 것을 유모차에 싣고 나오신다. 당신들이 가꾸는 작은 밭으로 가시는 것이다. 그 모습을 보면 20년 전 우리 할아버지 생각이 난다.

할아버지는 정말 부지런하셨다. 내가 아침에 눈 비비고 일어날 때면 벌써 밭일을 끝내고 들어오셔서 아침을 준비하셨다.

집안 사정으로 나와 여동생은 할아버지 댁에 잠시 맡겨져 있었다. 엄마와 떨어지는 것도 싫었지만 무엇보다 1년에 한두 번 보던 할아버지와 한집에 살아야 한다는 게 더욱 싫었다. 그래서 우리는 울며불며 엄마에게 매달렸다. 나는 유독 할아버지가 싫었는데 그 이유는 바로 내 이름 때문이었다.

"엄마, 친구들이 내 이름 갖고 놀려. 이름 바꾸면 안 돼?"

"그거 할아버지가 쌀 한 가마니 주고 지어 오신 귀한 이름이야.
안 돼."

"할아버지, 미워!"

그런 할아버지 댁에 처음 가던 날, 난 밤새도록 울었다.

사실 아버지가 외아들이라 엄마가 아들을 낳았어야 했는데 딸만
둘을 낳으셨으니, 할아버지는 엄마도 우리도 좋아하지 않으셨다.

그래도 혼자 적적하게 사시다 피붙이 손녀들과 같이 살게 된 게
할아버지는 좋으셨나 보다. 표현은 안 하셨지만 아침에 밭에 갔다
오실 때 오이 두세 개는 꼭 따 오셨다. 우리가 오이를 고추장에 찍
어 먹는 걸 좋아했기 때문이다.

어느 날은 바구니에 산딸기를 한가득 따서 우리 방에 들고 오시
기도 했다. 하지만 동생과 나는 할아버지 눈치 보기에 급급했고, 할
아버지도 늘 퉁명스럽게 대하셨다.

"할아버지, 찰흙 사야 하는데 돈 주세요."

"돈 없다."

"안 가지고 가면 선생님께 혼나요."

할아버지는 뒤뜰로 나가시더니 체에 흙을 담아 털기 시작하셨다.
고운 흙이 나오자 물을 붓고 반죽을 해서는 비닐봉지에 넣어 나에

게 건네주셨다.

"자, 이렇게 하면 되지?"

난 너무 속이 상해 학교에 가다 그 흙을 논에 버렸다.

학교에서 끝나 집에 오면 아무도 없었다. 할아버지는 밭일 나가시고 동생과 나는 엄마 아버지를 그리워했다.

하루는 동생이 엄마 보고 싶다고 울기에 산에 산딸기를 따러 가자며 달랬다. 딸기를 따러 동네 뒷산에 오르는데 낮아만 보이던 산이 생각보다 험했다. 할아버지랑 분명히 그 근처에서 산딸기를 땄던 것 같은데 딸기가 보이지 않아 산을 계속 오르던 우리는 그만 길을 잃고 말았다.

동생과 나는 그 자리에 멈춰 서서 서로를 껴안고 엉엉 울어버렸다. 너무나 울어서인지 힘이 빠진 우리는 어느새 스르르 잠이 들고 말았다.

얼마나 시간이 지났을까? 어딘가에서 불이 번쩍번쩍했다. 거기다 흐느끼는 소리도 들렸다.

"아이고, 아이고, 애들이 어디 간 겨? 애, 성미야."

할아버지는 우리를 발견하시고, 헐레벌떡 달려오시더니 나를 힘껏 안으셨다.

"이 녀석아! 할비 죽을 뻔했다. 어딜 가면 간다고 해야지."

불빛에 보이는 할아버지의 얼굴은 땀과 눈물로 범벅이 되어 있었다. 그때야 일어난 동생도 할아버지의 다리를 잡고 엉엉 울었다. 그렇게 한동안 우리는 할아버지 곁에서 안도의 눈물을 흘렸다.

그 일이 있은 뒤, 그전보다는 할아버지와의 사이가 조금은 가까워졌다. 농사일에는 나 몰라라 하던 우리도 할아버지를 도와드리려 애썼다. 하지만 할아버지는 햇볕이 쨍쨍 내리쬐는 더운 날이면 우리를 밭에 못 나오게 하셨다.

"계집애들이 얼굴이 시커머면 보기 안 좋다. 집에 가서 어여 공부나 해."

할아버지에게 쫓겨 집으로 돌아오면, 나중에 할아버지는 바구니에 옥수수며 고구마를 잔뜩 캐 오셨다. 우리가 맛있겠다고 좋아하면 툇마루에 앉아 수건으로 툭툭 어깨를 때리며 미소를 지으셨다.

그런데 그런 잔잔한 동거는 그해 여름, 너무나 허무하게 끝나고 말았다. 학교에 다녀오니 할아버지가 쓰러져 병원에 입원하신 것이다. 그리고 얼마 안 되어 할아버지는 돌아가셨다.

원래 지병이 있어 여러 번 수술을 받으셨던 할아버지였다. 그것을 몰랐던 우리는 할아버지의 갑작스러운 죽음이 너무나 슬펐다. 이제야 조금 친해진 것 같았는데……. 마음이 너무 아팠다.

할아버지의 유품을 정리하던 엄마가 무언가를 발견하셨다. 바로 통장이었다. 하나는 내 이름으로, 다른 하나는 동생 이름으로 되어 있었다. 한평생 농사일을 하며 힘들게 모으신 돈이 그 안에 고스란

히 들어 있었다. 표현은 안 하셨지만 우리를 사랑하고 아끼시던 마
음을 읽을 수 있었다.

'조금만 더 잘해드릴걸……. 다른 손녀들처럼 할아버지 무릎에
라도 한번 앉아볼걸……' 하는 후회가 가슴을 쳤다.

지금도 생생한 시커먼 주름 진 얼굴, 벌써 20년의 세월이 흘렀지
만 선명하게 떠오른다.

"할아버지, 보고 싶어요!"

구구단과 파 송송 계란찜

"여보, 오늘 하니의 마지막 유치원 재롱 잔치인 거 기억하죠? 늦지 않게 와요."

아내의 말이다.

작년 유치원 재롱 잔치에 갑작스런 일이 생겨 참석을 못 했었다. 그때 아이 엄마랑 아이가 무척 섭섭했었나 보다. 다른 아이들은 아빠가 비디오도 찍어주고, 맛있는 것도 사줬다며 무척 부러워했다.

"아빠, 이번에는 바쁜 일이 생겨도 꼭 와야 돼요?"

하니는 몇 번씩 확인했다.

남자라는 존재가 직장에서는 유능한 문제 해결사가 되어야 하고, 가정에서는 아이와 아내의 요구에 빈틈없이 응해야 한다. 또 친구들의 경조사는 잊지 않고 챙겨야 하고, 사업상 만나는 사람들과는 거래보다 깊은 인간관계를 다져둬야 한다. 참으로 슈퍼맨에 몸이 두세 개는 있었으면 좋겠다는 생각이 든다.

유치원에 도착하니 이미 잔치가 시작되어 있었다.

"문백 유치원 장미 반에서 그동안 배운 영어로 각자 자기소개를 하겠습니다."

사회자의 소개가 있은 후 열다섯 명의 아이들이 무대로 등장했다. 아이들은 한 사람씩 나와서 미리 준비한 자기소개를 하고 자리로 들어갔다. 그리고 드디어 하니의 차례가 되었다. 하니는 "헬로우 에브리원" 하고 나서 잠시 뜸을 들인다. 이제 엄마, 아빠 앞에서 수백 번도 더 연습한 네이티브 스피커의 발음으로 "마이 네임 이즈 하니" 어쩌고저쩌고가 나와야 하는데 아이가 다음 문장을 잊어버렸는지 5, 6초의 시간이 흘러도 입을 열지 못했다. 그 짧은 5, 6초가 얼마나 길게 느껴졌는지, 입술이 바싹 말랐다.

유치원 선생님은 하니 앞에 납작 엎드려 애가 타게 대사를 불러주고, 하니는 더듬거리며 겨우 자기소개를 끝냈다. 그리고 어느 틈에 나를 보았는지 "아빠!" 하며 손까지 흔드는 것이었다. 자기소개를 제대로 못 한 아이 치고는 기죽지 않은 천진한 모습이 얼마나 귀엽던지.

전체 율동 시간에도 다른 아이들이 노래에 맞춰 "데구루루 구르고 펄떡 일어나 훨훨~" 하는데 꼭 한 박자씩 동작을 늦게 해서 튀는 녀석이 있었다. 어김없이 우리 딸이었다. 딸아이는 재롱 잔치가 끝나기 무섭게 나에게 달려왔다.

"아빠, 우리 맛있는 거 먹으러 가자."

천진하게 내 손을 잡아끄는 딸. 입에 자장을 묻히며 맛있게 먹는 딸아이를 보니 문득, 초등학교 2학년 때 내 모습이 겹쳐진다.

그때 우리 반 아이들은 구구단을 외우느라 정신이 없었다. 아! 그런데 구구단을 처음부터 끝까지 제대로 외우지 못하는 녀석이 둘 있었다. 하나는 코흘리개 덕칠이였고 하나는 헛똑똑이 바로 나였다. 내가 덕칠이보다 나은 점이 있다면 나는 2단과 5단은 외울 줄 안다는 것이었다.

선생님의 지시에 맞추어 아이들이 2단부터 9단까지 외우기 시작했다.

"이 일은 이, 이 이는 사, 이 삼은 육!"

나는 잠시 금붕어처럼 입만 뻐끔거리다가 5단은 아주 큰 소리로 외웠다. 그러고 나서 나머지 구구단은 다시 무성영화 배우처럼 입만 벙긋댔다. 결국에는 이 모습이 선생님의 눈에 발각되었다. 선생님의 명령에 혼자 일어나 해보려고 했지만 외우지 않은 것이 입 밖으로 나올 턱이 없었다. 결국 덕칠이와 나는 교단 앞으로 나와서 두 손을 들고 벌서야 했다.

그때 나는 봤다. 복도 저쪽에서 우리 반 교실을 찾아 두리번거리며 오시는 어머니를. 막 밭일을 하다 오셨는가 보다. 머리에는 수건을 질끈 동여매고 허름한 차림으로 교실을 기웃거리시며 나를 찾으시는 것이었다.

순간, 나는 숨이 턱 막혔다. 비록 초등학교 2학년이었지만 이런 모습을 어머니께 보여드려서는 안 된다는 생각이 순간적으로 나의 뇌리를 스치고 지나갔다.

나는 선생님께 두 팔을 들고 다가가서 "선생님, 선생님. 엄마, 우리 엄마!" 하며 다급하게 외쳤다. 선생님은 떨리는 나의 목소리에 뭔가 심상치 않은 사태를 눈치 채셨는지 어쩔 줄 몰라 하셨다.

나는 손을 내리고 칠판 앞으로 가서 분필로 구구단 2단을 써 내려갔다.

그리고 선생님의 지휘봉, 가끔 우리의 손바닥을 때리기도 하고 칠판에 쓰신 것을 가리키는 데 사용했던 그 막대기를 빼앗아서 "이 일은 이" 하며 큰소리로 선창을 했다. 아이들은 처음에 무슨 영문인 줄 몰랐지만 나의 태도가 너무 엄숙해서인지 나를 따라 "이 일은 이" 하며 목소리를 높였다. 나는 다시 5단으로 건너뛰어 아이들을 지도했다.

곁눈으로 힐끔 보니 어머니는 나의 늠름한 모습을 대견하다는 듯 흐뭇한 표정으로 바라보고 계셨다.

내가 당당하게 자리에 들어가서 앉자 선생님은 교실 문을 열고 나가 어머니께 인사를 하셨다.

나는 귀를 토끼처럼 쫑긋 세워서 두 분의 대화를 엿들었는데 선생님이 "석이 녀석이 개구쟁이기는 해도 성격이 대담하고 임기응변이 능해서 뭔가 큰일을 할 놈입니다"라고 하시는 것 같았다.

선생님은 어머니가 돌아가시자 나를 부르셨다. 어머니가 전해주신 도시락을 건네시고는 나를 한참 물끄러미 바라보다가 "허허" 하며 웃으셨다. 그날 저녁 어머니는 내가 제일 좋아하는 반찬인 계란찜을 만들어주셨다.

구구단을 지도하던 아들을 너무나 자랑스러워하시던 나의 어머니. 파 송송 썰어 넣고 새우젓으로 간을 한 어머니의 특제 계란찜을 언제나 먹을 수 있는, 진짜 자랑스러운 아들이 되도록 열심히 살겠습니다.

엄마의 늘어난 양말

아이의 유치원 버스가 올 시간이 다 되어서 얼른 서랍 장에서 양말을 꺼내 신었다. 그런데 하필 골라 신은 양말이 목이 다 늘어난 거였다.

아파트 앞 유치원 차가 오는 데까지 가는데, 걸을 때마다 양말이 줄줄 흘러내렸다.

나는 "뭔 양말이 이렇노? 질질 내려오고. 아따, 못 신겠다" 하며 양말을 확 벗어 그 자리에서 쓰레기통에 버렸다. 아이를 차에 태우고 돌아서서 오는데, 갑자기 몇 달 전 엄마의 양말이 생각났다.

나는 지금도 친정에 갈 때면 양말은 안 챙긴다. 어차피 엄마도 양말을 신고 동생도 있으니, 아이 양말만 챙겨서 간다. 그런데 그날, 친정에서 양말을 신으려고 찾으니 엄마 양말은 모두 목이 늘어나 있었다. 색까지 바래서 정말 볼품없는 그런 양말들만 수북했다.

"엄마, 양말 이런 건 못 신는 거 아이가? 다 버려라. 질질 내려와서 이걸 어떻게 신노?"

내가 말하면서 양말을 한 보따리 꺼내자, 방을 닦던 엄마가 얼른 달려오신다.

"아이고, 무슨 소리 하노? 난 양말목이 꽉 조이는 건 절대로 못 신는다. 답답해서 우예 신노? 늙어서 그런지 발목이 조이면 피도 안 통하는 것 같고 영 싫더라. 난 목 올라오는 티도 못 입는다 아이가. 넣어둬라, 난 그게 제일 편하다. 니는 목이 탱탱한 게 좋더나?"

그러더니 얼른 안방으로 들어가셨다. 그러고는 쇼핑백 가득 새 양말을 들고 나오셨다.

"여 한번 봐라. 새 양말이 이리 많아도 내 맘에 드는 게 하나도 없데이. 이거 좋으면 니 갖다 신어라."

"엄마는 양말이 어디서 이래 많이 났노? 양말 장사 해도 되겠네."

"다 명절마다 선물 들어오고 한 거지. 그런데 난 발목이 조여서 싫다."

난 엄마가 싫다고 하는 양말 몇 켤레를 챙겨서 가방 속에 넣었다. 그리고 목이 늘어난 엄마의 양말을 다시 곱게 개어 양말 서랍 장에 넣고는, 엄마가 주신 새 양말을 꺼내 신었다.

엄마는 매일 아침 식당으로 출근을 하신다. 그날도 저녁 늦게 퇴근해서는 하루 종일 물에 불었던 손을 말릴 틈도 없이, 다시 식구들

저녁상을 차리셨다. 그렇게 밥을 먹고 나서 엄마는 좋아하는 드라마를 본다고, 이부자리도 펴지 않은 채 방에 누우셨다. 하지만 TV를 켠 지 10분도 지나지 않아 드르렁드르렁 코 고는 소리가 났다.

"엄마. 엄마. 또 자나? 드라마 안 볼 끼가? 안 볼라면 제대로 누워 자라."

"아이고, 그래그래. 내가 또 졸았더나? 그래, 자자."

나는 엄마의 이부자리를 봐드렸다. 그러곤 하루 종일 입고 있었던, 양념 냄새가 밴 엄마의 옷과 바지를 벗겨드렸다.

그런데 양말을 벗기려는 순간, 난 울컥하고 말았다. 엄마의 양말을 손으로 벗기자 발목에서 노란 고무줄이 나오는 거였다. 엄마의 발목 양쪽은 고무줄이 누르고 있어서 가늘게 자국이 나 있었다. 게다가 양말 발바닥과 발가락은 닳아서 하늘하늘하게 맨살이 보였다. 그때야 알았다. 엄마가 나에게 거짓말을 하셨다는 것을.

가만히 생각해보면 나랑 동생이 학교 다닐 때, 유행 따라 한다고 이것저것 사다가 한두 번 입고 버려둔 옷가지와 가방은 항상 엄마 차지였다. 그때부터 지금까지 엄마에게 새것이라곤 없었다. 우리가 신다 구멍이 나거나 목이 늘어난 양말을 엄마는 아깝다며 서랍 장에 넣으셨을 것이다. 엄마가 주신 새 양말을 좋다고 가방 속에 챙겨 넣었던 것이 얼마나 한심하고 부끄러웠는지……

난 엄마가 주신 새 양말을 꺼내 양말 서랍 장에 차곡차곡 접어 넣었다. 그러고는 그동안 엄마가 신었던 목이 늘어난 양말을 다 꺼내서 쓰레기봉투에 넣었다. 그리고 그 쓰레기봉투를 멀리 갖다 버렸다. 내일 아침이면 "아따, 그걸 왜 버렸노? 아직까지 신을 만한데. 아깝게시리 왜 갖다 버렸노? 어디다 버렸노?" 하시면서 쓰레기봉투를 뒤지실 게 뻔하기 때문이다.

엄마들은 모두 자식에게 좋은 것만 먹이고 입히고 싶어한다. 나도 자식을 낳아 기르고 있기에 그 마음을 다 알 것 같았는데, 그 깊고 깊은 엄마의 속을 언제나 알는지……. 내가 엄마 나이만큼 되면 알 수 있을까?

백 송이의 장미

장인어른은 연로하셔서 허리가 반은 굽으셨고, 말소리는 잘 못 알아들으신다. 그러한 장인어른께서 연분홍 장미를 백 송이나 사 들고 우리 집에 오셨다. 같은 값이면 많은 장미를 주는 꽃 도매 상 가를 찾으셨다고 했다. 장인어른은 꽃 값 흥정을 어렵게 하셨을 것 이다. 꽃바구니는 장미 송이만큼이나 힘겨워 보였다. 그 묵직한 꽃 바구니를 들고 버스를 네 번이나 갈아타고 오셨다.

"꽃 사 들고 오시지 말고, 택시를 타고 다니세요."

아내가 소리를 지르듯 말씀을 드리자 장인어른은 지지 않고 말씀 하신다.

"택시는 왜 타? 꽃 값에나 보태지. 소리 지르지 마라."

귀는 안 들리지만 딸의 입 모양으로 알아들으신다.

장인어른은 막내딸 결혼기념일을 축하하기 위해 꽃을 준비해가 지고 오시다 버스 안에서 곤두박질친 적도 있으셨다. 눈에 넣어도 아프지 않을 막내딸이 교통사고로 2급 장애자가 된 것을 당신의 상처처럼 아파하셨다. 그 안타까움으로 막내딸 내외의 결혼기념일에는 꼭 꽃바구니를 챙기셨다.

"내가 얼마나 살겠나. 이게 마지막이지" 하시기를 10여 년. 혹시나 길에서 무슨 일이 있을까 봐 걱정이 많은 우리 내외는 이제는 안 하셔도 된다고 늘 말씀드렸다. 하지만 장인어른은 다른 자식들의 결혼기념일은 그냥 보내시면서, 해마다 우리 결혼기념일에는 꽃바구니와 앞날을 비는 덕담의 글을 잊지 않으셨다.

또 언젠가의 결혼기념일. 웬일인지 장인어른의 꽃바구니 소식이 없었다. 이제 걸음조차 힘드신 장인어른이시고 기억력도 예전 같지 않으시기에 아내와 나는 "금년은 그냥 넘기시나 보다"라고 이야기를 나누었다.

그런데 그때 전화가 왔다.

"여기 파출소입니다. 혹시 박덕용 씨라고 아십니까?"

처남 댁에 계실 어른께서 어쩐 일로 우리 동네 파출소에 와 계실까? 혹시 길을 가다가 무슨 변이라도 당하셨나? 아찔했다. 경찰관은 노인께서 길을 잃고 헤매시다가 파출소에 와 계시니, 집에까지 모셔다 드리겠다고 했다. 나는 아내에게 투덜댔다.

"일 났다. 집에 계시지 어쩌려고 길도 모르며 나오셨대?"

아파트 입구에서 기다리니 경찰차가 도착했다. 그 안에서 장인어른과 함께 어떤 할머니가 내리셨다. 장인어른께서는 이번에는 꽃바구니가 아니라 케이크 상자를 들고 계셨다. 함께 내린 할머니는 지하철 역에서 길을 물어보는 장인어른을 보셨다고 했다.

"젊은이에게 길을 물어보는데, 젊은이가 아주 무심하게 답을 하더라고."

할머니는 귀도 제대로 안 들리는 장인어른과 함께 동네를 헤매고 다니셨단다. 장인어른이 우리 아파트의 동 호수를 잘못 알고 계셨으니 한더위에 얼마나 속이 타셨을까.

장인어른을 두고 그냥 갈 수 없으셨던 할머니는 생각 끝에 택시를 타고 동네 파출소를 찾으셨다. 그리고 파출소에서 내게 전화를 하신 것이다.

"할아버지의 주머니 속에서 수첩이 나오는데 전화번호가 다 있더라고요. 아들이며 사위의……."

할머니가 너무 고마웠다.

"내 구십 평생에 백차 타본 일은 처음이다."

마치 남의 이야기처럼 말씀하시는 장인어른에게 화가 나면서도, 어렵게 찾아오신 그 마음에 감동하지 않을 수 없었다. 마치 아기 걸음 걷듯 걸음도 늘 위태로웠던 장인어른. 아흔 나이를 넘기신 장인어른은 꽃 시장에 가실 기력도 없으셨을 것이다. 장인어른이 장미꽃 대신 내미는 케이크는 장인어른이 주시는 정성 그대로였다.

다시 세월이 흘렀다. 장인어른께서 세상을 떠나신 지도 벌써 7년이 되었다.

장인어른 대신 나는 빨간 장미 열 송이를 아내에게 준다. 우리는 장인어른이 바라시는 대로 장미꽃처럼 힘차고 찬란하게 살아왔다.

지금 아내와 나는 너무 행복하다.

내 지친 마음의 따뜻한 온기, 행복

시골집 가는 날

늦깎이 새색시

엄 마 가 된 남 편

10월의 산타

아기야, 튼튼하게만 자라다오

훈장과 비공 사랑의 팔찌

50년 만의 데이트

왕소금 남편

아들의 첫 월급

지고는 못 살아!

시골집 가는 날

금요일에 시골에 계신 아버지께서 전화를 하셨다.

"이번 주말에 애들 데리고 왔다 갔으면 헌디, 올 수 있겠냐?"

"네, 무슨 일로요?"

"응, 내가 애들이랑 만들 것이 좀 있어서 그런다. 작년엔가 애들이 허수아비 만들어보고 싶다고 했거든."

남들은 아이들에게 체험 학습을 시키려고 전국의 유명한 곳으로 여행도 다닌다는데 우리 아이들은 시골집에 가면 모두 해결할 수 있다. 나의 고향은 넓은 들판과 산, 그리고 바다를 모두 가까이 둔 곳이기 때문이다.

우리 부부는 맞벌이를 한다. 다른 집 아이들에 비해서 문화적인 혜택을 충분히 누리지 못하고 있는 아이들에게 언제나 미안한 마음을 가지고 있다. 그래서 시골집에 갈 핑계만 생기면 우리는 기꺼이 출발한다.

작년 가을에 아이들이 아버지께 허수아비를 만들고 싶다고 했나 보다. 연세가 들어 기억력이 자꾸 떨어진다는 말씀을 수도 없이 하시는 분이, 손자들이 한 말은 아무리 사소한 것이라도 꼭 기억을 해 두신다. 그래서 노부모 두 분이 농사짓고 사시는 시골집을 찾아갈 때면 죄인이 된 듯한 심정이다.

한시도 일손을 놓지 못하고 평생을 흙과 더불어 살아가시는 부모님. 이제는 편히 모시고 싶은데도 그게 마음처럼 되지 않는다. 그나마 다행인 점은 아이들이 할아버지, 할머니를 무척 좋아한다는 것이다.

시골집에 도착하는 날에는 어김없이 아이들을 위한 이벤트가 준비돼 있다. 어느 밤에는 마당에 돗자리를 펴놓고 은하수와 별을 본다. 또 어느 밤에는 할아버지 할머니와 불을 피워놓고 폭죽놀이를 한다. 폭죽 쇼가 끝나고 나면 잔불 속을 헤집어본다. 그 속에는 아이들 몰래 할아버지가 넣어두었던 고구마가 있다.

어느 날에는 바다로 간다. 고동도 줍고 조개를 캐고 작은 게들도 수없이 잡는다. 매번 시골집에 갈 때면 '이번에는 할아버지, 할머니와 무엇을 할까?' 궁금해하는 아이들.

드디어 시골집에 도착했다. 아버지, 어머니는 준비하는 것부터가 재미라면서, 허수아비를 만드는 데 필요한 준비물을 손자들에게 직접 챙기게 하셨다. 머리는 어머니께서 동그랗게 만들어주신 천 조각에 솜을 넣은 것과 짚단을 뭉쳐서 넣은 것으로 했다. 그리고 그 다음 얼굴을 그려 넣을 차례가 됐다.

"너희 마음대로 그리든지 붙이든지 해봐라" 하시며 어머니 아버지는 뒷전으로 물러나셨다. 그럴듯한 허수아비 얼굴 두 개가 완성되었다. 그날 저녁, 잠자리에 들기 전까지 아이들은 허수아비를 보충하고 또 보충하느라 시간 가는 줄을 몰랐다.

다음 날 오전, 드디어 완성된 허수아비를 들고 논으로 나갔다. 요즘 참새들은 총소리나 반짝이는 줄에는 적응이 돼서 별로 무서워하지 않는다. 그래서 다시 나타나기 시작한 게 허수아비다.

자신들이 직접 만든 허수아비를 하나씩 세워두고, 먼발치에서 바라보고 좋아하는 아이들. 그리고 아이들과 어우러진 들판. 그런 모습을 보면 아버지, 어머니도 잠시 시름을 잊으실 것 같아서 뿌듯함을 느낀다.

이러한 행복이 언제까지나 이어질 수 있을까?

지금도 맨발로 밭에 들어가시는 부모님. 흙을 밟을 때 전해오는 감촉은 아무리 세월이 흘러도 똑같다고 하신다. 그 옛날 우리를 볼 때의 마음이나 지금 손자들을 볼 때의 마음이 같은 것처럼……

이러한 마음가짐으로 살아가시는 두 분께 언제나 효도다운 효도를 할 수 있을지 모르겠다. 그런 날이 올 때까지 기다려는 주실까?

늦깎이 새색시

늦은 저녁을 먹고 있는데 밖이 시끄러웠다. 무슨 일인가 싶어 현관문을 열고 내다보니, 대여섯 명의 장정이 청사초롱을 밝히고, 얼굴에 오징어를 쓴 함진아비를 뒤세우고 큰 소리로 "함 사세요~ 함 사세요~"를 외치고 있었다.

잠시 후 아가씨 서너 명이 작은 술상을 들고 나왔다.

"여보! 빨리 와. 함 판다, 함 팔아."

나의 호들갑스런 소리에 남편은 물론 옆집 새댁이며 할머니까지 뛰어나오셨다.

"에이~ 말이 배가 고파서 못 간답니다. 봉투 봉투 열렸네!"

이렇게 한 남자가 소리치자, 신부 아버지는 하얀 봉투 하나를 바닥에 내려놓았다. 그러자 주저앉았던 함진아비가 벌떡 일어나 딱 한 걸음 앞으로 나가더니 도로 앉는 거였다.

다른 남자들이 "신부! 노래 불러라. 노래 불러라" 하고 외치자 잠시 후 곱게 한복을 차려입은 신부가 나와서 모기만 한 목소리로 마지못해 노래를 불렀다. 그러자 몇 층인지 모르지만 어디선가 이런 목소리가 들렸다.

"아, 신부 목소리가 작네. 아파트 사람들 다 듣게 불러야죠!"

"그러게~ 신부가 결혼하기 싫은가 보네! 큰 소리로 불러야 아들 낳지!"

그 소리에 사람들의 웃음소리가 아파트가 떠나가라 울려 퍼졌다.

신부는 쑥스러운 듯 소리가 나는 아파트 위를 둘러보더니 목을 한 번 가다듬고는 인기 트로트를 부르기 시작했다. 누가 먼저랄 것 없이 신랑 친구들은 물론 나와 남편, 그리고 구경하던 동네 사람들 모두가 박자에 맞춰서 박수까지 쳐줬다. 잠시 후 다시 함진아비 무리가 또 장난을 치기 시작했다.

"그나저나 우리 말이 배가 더 고프다는데, 봉투 봉투 열렸네!"

그 말에 동네 사람 한 명이 소리쳤다.

"어이, 그만 하고 들어가쇼."

그러자 신랑 친구가 아파트 주민들을 향해서 대답했다.

"그럼, 동네 어르신 중에서 한 분이 나와 노래 한 곡 부르시면 저희가 두 말 않고 들어가겠습니다."

그런데 글쎄, 그 소리를 듣자마자 그 얌전하고 샌님 같은 우리 신랑이 "저요! 저요!" 하더니 쌀쌀한 날씨에 반바지 차림으로 성큼성큼 뛰어가는 거였다. 그리고 어느새 저 밑 함진아비 곁에 나타났다.

"아니, 저 사람이!"

나는 괜히 얼굴까지 빨개졌지만, 남편은 씩씩하게 소리쳤다.

"제가 대신 노래하겠습니다."

그 소리에 사람들은 우렁찬 박수를 쳤다. 이어서 남편은 이렇게 말했다.

"사실 저희가 결혼한 지 올해로 꼭 4년째인데 결혼할 때 함을 못 보냈습니다. 하나뿐인 귀한 딸을 데려오면서 이런 흥겨운 일을 장인 장모님께 경험하게 해드리지 못해 죄송한 마음으로 노래 한 곡 할랍니다!"

남편은 말 끝나기가 무섭게 소리 높여 노래를 불렀다. 남편의 그 노래에 나도 모르게 눈시울이 붉어졌다.

사실 말은 하지 않았지만 텔레비전을 보거나 가끔 동네에서 이런 풍경을 볼 때면 부러운 적이 있었다. 비단 나뿐 아니라 친정 부모님 역시 그러셨을 거다. 귀하디귀한 딸이 결혼 전에는 친정 식구 먹여 살린다고 밤낮없이 일하느라 과로로 병원에 실려 가기도 몇 번. 결혼하면 편하게 살 거라 믿었는데 결혼과 동시에 또 다른 시련이……. 함을 살 돈도 없어서 생략할 수 있는 건 모조리 다 생략하고 한 결혼이었다. 남편도 그 마음을 알았나 보다.

어느새 노래가 끝나자 남편은 또다시 큰 소리로 외쳤다.

"신랑 신부 아무쪼록 행복하게 예쁜 아기 낳고 잘 사십쇼. 그리고 여보! 나랑 결혼해줘서 정말 고맙다. 꼭 행복하게 해준다는 약속 잊지 않고 살게! 사랑한다, 최영미."

사람들은 손바닥이 빨개지도록 박수를 쳐줬고 나는 눈물을 흘렸다. 옆집 할머니는 나를 꼭 안아주셨다.

잠시 후 그렇게 패기 좋게 노래까지 부르던 남편은 언제 그랬냐는 듯이 집으로 조용히 들어왔다. 나가기 전에 먹던 식은 밥에 물을 붓더니 맛있게도 먹는다. 그런 남편의 모습에 웃음이 나와서 나 역시 말없이 식은 밥을 먹었다.

상을 물리고 설거지를 하려는데 남편이 슬며시 다가왔다.

"비켜봐. 내가 할게."

어느새 수세미에 세제를 묻히는 남편.

"그럼 내가 커피 탈게."

가스레인지에 커피 물을 올리자 남편은 그제야 말을 건넨다.

"어땠어? 함 잘 받았어? 선물 마음에 들어?"

"응. 너무 좋아. 내 생애 최고의 선물이었어. 고마워."

남편은 씩 웃고는 휘파람을 불면서 거품 묻은 그릇을 닦았다. 엉덩이까지 흔들며 서 있는 저 남자에게 나는 오늘 행복이라는 이름의 늦은 함을 받았다. 그리고 너무너무 행복한 늦깎이 새색시가 되었다.

엄마가 된 남편

무더웠던 지난여름. 나는 지독한 위염과 감기에 걸려 며칠씩 병원에 다녀야 했다. 평상시 퇴근하면 손 하나 까딱 안 하던 남편이 나 때문에 큰 고생을 했다. 더운 여름에 무슨 감기냐며 핀잔을 주던 남편이었다. 아무리 간 큰 남편이라지만, 아무것도 못 먹고 춥다고 오돌오돌 떨며 담요를 뒤집어쓴 아내를 보고 별 수 있었겠는가?

"너희! 엄마가 아프시니까 귀찮게 하면 안 된다. 오늘부터는 아빠가 밥하고 공부도 봐줄게."

그 후 남편은 이틀간 새벽부터 부지런을 떨었다. 하지만 주부 생활, 그게 생각만큼 쉬운 것인가?

"아침이다. 일어나서 밥 먹어야지."

아이들은 내가 깨울 때보다 더 빨리 일어나기는 했지만 그 습관이 어디 가겠는가? 그래도 녀석들은 이불 정리, 방 정리를 하고 옷까지 스스로 챙겨 입었다. 하지만 철부지 막내딸은 여느 때처럼 옷

타령을 하면서 정신을 빼놓았다.

"아빠, 이 옷은 싫어. 치마 입고 싶어. 내 친구 효진이는 예쁜 치마만 입고 온단 말이야. 양말도 긴 양말 말고, 다른 예쁜 걸로 줘."

남편은 자기도 출근해야 되는데, 딸 유치원 보낼 준비하느라 옷장을 열 번도 더 여닫았다. 그러더니만 한숨을 푹 내쉬었다.

두 아들 녀석이 나간 후, 여기저기 벗어놓은 옷가지들이며 수건에 어질러진 식탁까지. 하지만 남편은 내게 아무렇지도 않게 말했다.

"당신은 신경 쓰지 말고 누워 있어. 그게 나 도와주는 거야. 그래야 얼른 나을 거 아냐! 내가 다 알아서 할 테니까 걱정 마."

그러나 항상 치워도 끝이 없는 집 안, 많은 양의 빨랫감, 앉기만 하면 놀아달라는 딸아이의 칭얼거림. 남편은 서서히 지쳐갔다.

주부 생활 3일째 되던 날이었다.

"오늘 저녁에는 라면 끓여 먹자. 국물에 밥 말아 먹으면 맛있어."

남편의 제안에 아이들은 항변하듯 소리를 높였다.

"어제도 라면 먹었잖아요. 김치찌개 먹고 싶은데……."

그러자 남편은 바로 옛날 이야기를 꺼냈다.

"예전에 아빠 어릴 땐……."

이 말이 나오자마자, 아이들은 워낙 많이 들었던 레퍼토리라 잽싸게 아빠의 말을 잘랐다.

"김치찌개 안 먹어도 돼요, 아빠! 그냥 라면 먹을게요."

남편과 아이들이 불쌍하게도 보였지만 속으로는 웃음도 나왔다. 그동안 남편은 아이들 공부 가르치는 데 무관심했다. 그렇지만 어쩔 수 없이 아이들 공부를 봐줘야 할 상황 아닌가. 그런데 5학년 아이 산수를 가르치는데 그 쩔쩔매는 모습이라니……

"끙끙" 소리까지 내면서 방에 들어온 남편.

"당신, 아직도 아파? 얼른 좀 나아라. 아이고, 팔자에 없는 주부 노릇도 이제 더는 못 하겠다. 당신 이제 보니까 정말 용하다, 용해! 세상에 쉬운 일이 없다더니 당신 다 나으면 내가 업어줄게. 이러다가 내가 병나겠네."

남편은 한마디하고 드러눕더니만, 힘들었는지 코까지 드르렁드르렁 골았다.

그리고 오늘 아침, 남편 덕분인지 몸이 많이 좋아져 자리에서 일어날 수 있었다. 위염은 아직 다 나은 거 같지 않았지만, 감기 기운은 떨어졌다.

"여보, 얼른 일어나요. 빨리 출근해야죠."

내 한마디에 남편은 벌떡 일어나며 너무 좋아했다.

"당신 일어났어? 야호!"

남편과 아이들은 오랜만에 맛있는 아침 식사를 했다.

"오늘따라 된장국이 더 맛있는 것 같다."

다들 입을 모아 칭찬을 한다.

"엄마, 학교 다녀올게요."

"여보, 나도 얼른 회사 갔다 올게."

역시 뭐든지 제자리에 있을 때 가장 행복한가 보다.

아침 시간 아이들과 남편의 환한 얼굴을 보면서, 또 한바탕 어질 러진 집을 청소하면서 새삼 건강의 소중함을 생각한다.

10월의 산타

부모님은 시골에서 벼농사와 포도밭을 하신다. 아버지는 뭐가 되었든 혼자 운전해서 타는 것을 유난히 무서워하신다. 어머니는 그런 아버지가 답답해 우리만 보면 하소연을 하신다.

"다른 집 영감들은 경운기도 잘 끌고 다니고, 오토바이 뒤에 마누라도 태우고 다니는데……."

그도 그럴 것이 아버지가 논에 나가시면, 아침밥을 해놓고 아무리 기다려도 오시지 않기 때문이다. 어머니는 왕복 한 시간 반을 걸어오시는 아버지를 기다렸다가 해가 중천에 떠서야 식사를 하신다.

보다 못한 우리가 아버지를 설득했다.

"아버지! 조그만 오토바이를 한 대 사드릴 테니 천천히 타고 다니세요."

"버릇이 돼서 괜찮다. 건강에도 좋고!"

아버지는 단호하게 거절하셨다.

윗마을로 놀러 갈 때나 읍내 장에 갈 때도 그냥 걸어서 가신다. 그러던 아버지도 연세가 드시니 걷기가 힘드신 모양이었다. 지난여름에 어머니께 전화를 드렸더니, 아버지께서 자전거를 한 대 사서 연습을 하신 지 일주일이 넘는다고 하셨다. 그런데 아직도 출발하면 쓰러지고, 출발하면 쓰러지고 해서 뒤에서 잡아주는 어머니가 더 몸살이 날 지경이라며 하소연을 하셨다. 밤마다 아버지 상처에 약 발라줘야지, 파스 붙여줘야지, 끙끙 앓는 소리에 잠 설쳐야지, 어머니는 꽤 성가신 모양이었다.

원래 운동신경이 둔하신 아버지는 출발은 잘 하셨다. 문제는 정지해서 자전거에서 내려와야 하는데, 평지에서는 다리를 뻗어 내릴 수 있지만, 큰길에서 100미터 정도 내리막길을 가야 되는 시골집에서는 그게 어려우셨던 거였다.

"끼익!"

브레이크 잡는 소리가 나서 어머니가 뛰어나가면 아버지는 어느새 퍽 쓰러지면서 "할멈!"을 외치시고, 자전거를 타고 외출만 하면 "끼익~ 퍽!" 하는 소리 뒤엔 여지없이 "할멈!"이 뒤따랐다.

옆에서 보던 어머니가 동네 창피하다고 투정을 하시다가 결국 한 가지 방법을 제안하셨다.

그 방법이라는 게 글쎄 아버지가 넘어질 만한 자리에다 추수하고 남은 볏짚을 잔뜩 쌓아놓는 거였다. 맨바닥에 넘어지는 것보다 푹

신한 볏짚에 넘어지니, 몸도 안 상하고 옷도 안 버리고. 아버지도 그 방법에 만족을 하시고 이제는 부담 없이 쓰러진다고 하셨다.

그로부터 며칠이 지나 아버지는 대형 사고를 치셨다. 그 사건은 일명 '떡가루 사건'으로 불린다. 추석 전날 어머니는 송편을 하려고 떡쌀을 담가놓으셨다. 식사를 마친 아버지께서 호기롭게 말씀하셨다.

"할멈, 내가 읍내에 가서 빻아 올 테니 자전거 뒤에 실어."

어머니께서 선뜻 그러라고 하셨겠는가? 넘어질 게 뻔한데 당연히 안 된다고 하셨단다.

"조금 있으면 애들이 차 끌고 내려올 테니, 그때 싣고 가서 해 오도록 합시다. 제발!"

어머니가 극구 말리셨지만 기어코 떡쌀을 싣고 읍내로 향하신 아버지. 동네에서 왕고집으로 소문난 아버지를 누가 말리겠는가! 그로부터 한 시간 후.

"여기 읍내 방앗간인데 지금 출발하니까 끼익하는 소리가 나면 나와서 붙잡아! 알았지?"

아버지는 어머니께 신신당부를 하시고 전화를 끊으셨다.

아버지 자전거 실력으로는 읍내에서 집까지 20분. 편안한 마음으로 출발해서 집 근처 내리막길까지 다가왔다.

이때까지 잔뜩 긴장하고 있던 어머니! 조금 있다 나가서 붙잡아

"여기 읍내 방앗간인데 지금 출발하니까

끼익하는 소리가 나면 나와서 붙잡아! 알았지?"

야지 하고 계셨는데, 그때 하필 윗마을 고모님이 놀러 오셨다. 그리고 뒤꼍에서 잠시 얘기를 하고 있는 사이 아버지가 도착하셨다. 끼익하는 소리가 나도 어머니가 보이지 않자 당황하신 아버지.

"할멈! 할멈!"

계속 불러대도 집 뒤에서 이야기에 정신이 팔리신 어머니께 그 소리가 들렸겠는가? 결국 떡가루는 몽땅 쏟아져 볏짚 속으로 들어갔고, 아버지는 온몸과 얼굴, 수염까지 하얀 '10월의 산타'가 되셨다.

우리가 도착했을 때까지도 두 분은 말을 안 하고 계셨다.

어머니는 떡쌀을 다시 담그시며 아버지를 타박하셨다.

"영감탱이, 그렇게 가지 말라고 했는데……. 기어코 일을 저질러 두 번 일을 하게 만들어!"

또 아버지는 아버지대로 어머니를 타박하셨다.

"할망구, 조금만 일찍 나와서 잡았으면 이런 일 없었잖아!"

이번 설날에 내려갔을 때는, 아버지는 뒷동산 참나무에 올라가 계시고, 어머니는 보이지 않았다.

"아버지! 어머니 어디 가셨어요?"

"사다리 가지러 갔지!"

웬 사다리? 알고 보니 TV가 잘 나오지 않자, 손자 손녀들 오면 혹시 불편해할까 봐 아버지는 젊었을 때 생각만 하고, 나무 위로 무

작정 올라가셨다고 한다. 그런데 막상 안테나를 바로잡고 내려오자
니 겁이 나셨던 것이다. 아버지가 소리치시자 어머니는 부랴부랴
동네로 사다리를 빌리러 가셨단다.

 작년에 칠순 잔치를 했는데도 건강하신 두 분이 얼마나 다행인지
모른다. 우리 자식들 바람이 있다면 그저 지금처럼만 건강하게 오
래오래 사시는 거다.

아기야, 튼튼하게만 자라다오

"빠-빠-빠 아빠~."

8개월 된 딸이 아랫니 두 개를 하얗게 내밀면서 남편에게 하는
말이다.

딸아이가 기어가면 남편은 좋아서 어쩔 줄 모른다. 그 둘의 모습
이 어찌나 예쁜지 행복이란 게 이런 거구나 싶다. 이 아이를 만나기
까지 우리는 6년이라는 세월을 기다렸다.

결혼할 때까지만 해도 불임이라는 암울한 글자가 그토록 오랫동
안 우리를 따라다닐 거라고는 상상도 못 했다. 임신이 되지 않아 한
약만 열심히 먹었다. 그러다가 은근히 시어머니 눈치도 보이고 해
서, 남편과 함께 산부인과를 찾게 되었다.

나팔관 검사를 하고 엑스레이를 찍었다. 일주일 후 나온 검사 결
과, 남편은 정상이었고 모든 책임은 나에게 지워졌다. 내가 쌍 자궁
이어서 자궁을 하나로 만드는 수술을 해야 된다는 거였다.

순간, 하늘이 노랬다. 세상에 자궁이 두 개인 사람도 있나…….

큰 병원에서 검사를 받아보고 그래도 결과가 같으면 수술 결정을 내리자고 했다. 그런데 뜻밖에도 큰 병원에서 임신 6주라는 진단을 받았다. 화면 속에 보이는 까만 점이 아기집이라고 했다. 산모 수첩을 받아 들고 나오는데, 마치 아기를 안고 나오는 기분이었다. 그날 병원 앞에 있는 노점상에서 순대를 정말 맛있게 먹었다.

그러나 기쁨도 잠시, 계속되는 하혈 때문에 다음 해 봄까지 입원과 퇴원을 반복해야 했다. 기형아 수치가 높게 나와서 양수 검사를 했고, 자궁 문이 이미 열리고 있다고 해서 양수 검사 결과가 나오기도 전에 봉합 수술을 받았다. 병명은 자궁무력증.

결국 고통스러운 통증과 함께 아기는 먼 곳으로 떠나버렸다. 21주 3일, 그렇게 아기는 싸늘한 시신이 되었다. 병원에 입원해 있을 때, 아기를 낳은 산모와 유산한 산모를 함께 두는 병원 측이 이해가 안 갔다. 환자를 배려한다면 그래선 안 된다고 생각한다.

그런 일이 있은 후, 우리는 조금 넓은 곳으로 이사를 하게 되었다. 하지만 얼마 안 있어 남편은 인사 사고를 냈다. 결국 우리는 차와 전세금까지 가압류당하고 말았다. 내 몸과 마음은 만신창이가 되어갔고, 남편은 남편대로 너무도 힘든 나날을 보냈다.

그해 추석, 동서는 정말 예쁘고 건강한 아기를 안고 왔다. 하늘만 봐도 눈물이 주르륵 흘러내렸다. 이런 내 마음도 모르고 어머니는 아기를 안아보라고 하셨다. 또 아기 옷을 사 오라면서 돈을 쥐여주기도 하셨다. 동서가 섭섭해한다고……

그렇게 어두운 나날을 보낸 지 1년, 다시 임신을 하게 되었다. 열 달 동안 꼼짝 않고 누워 있어야만 했다. 그런 동생을 위해 언니는 매일 두 시간씩 지하철을 타고 와서 집안일을 거들어주었다. 이번에는 어떻게든 아기를 낳아야겠기에, 화장실 가는 시간과 식사 시간을 제외하고는 거의 누워 지냈다.

16주째 다시 자궁 경관을 묶어주는 수술을 했다. 기형아 검사 결과는 정상이었고, 모든 것이 순조로웠다. 하루하루 해가 뜨고, 노을이 지고, 월요일이 되고, 새달이 되면 달력을 넘겼다. 한 달 한 달 넘어가는 달력이 그렇게도 소중할 수 있을까?

고위험 산모였던 나는 2주마다 정기검진을 받아야 했다. 임신 30주째, 임신중독증 진단을 받고 다시 병원 생활을 시작했다. 몸은 붓고 혈압은 높아만 가서 힘든 나날이었다.

결국 6주간 입원해 있다가 36주 만에 유도 분만으로 아기를 낳았다. 30분 정도의 진통이 있었다. 아기 얼굴을 보는 순간 너무 가여워서 눈물이 왈칵 쏟아졌다.

1.74킬로그램. 정말 뼈만 남아 있는 앙상한 모습이었다. 아기는 바로 인큐베이터로 옮겨졌다. 먹지도 못하고 소화도 못 하는 아기의 손과 발에는 주사 바늘이 나날이 늘어갔다.

코에 연결된 줄에 주사기로 넣어주는 우유. 그렇게 우유를 먹는 아기 모습을 보는 건, 나를 그대로 죄인이게 했다. 5밀리미터의 우유를 먹는 일이 그렇게 힘들까…….

한 달간의 인큐베이터 생활을 마치고 2.2킬로그램의 몸으로 집에 오던 날, 아기는 배꼽 탈장으로 동전만 한 배꼽이 불룩 튀어나와 있었다. 키가 너무 작아서 기저귀를 차면 거의 목까지 올라오곤 했지만, 그래도 잘 견뎌준 아기가 너무 기특하고 고마웠다.

뇌 초음파 검사 결과 청력이 모두 정상으로 나왔다. 2주 동안 얼마나 초조하고 불안했는지 다른 사람은 모를 것이다. 보는 사람마다 "아기가 참 작네요"가 인사였다. 나는 그 소리가 정말 듣기 싫었다. 모자든 옷이든 제일 작은 걸로 사도 항상 크기만 했다.

이제 우리 아기는 배꼽도 쏙 들어가고 우유도 200밀리리터씩 먹고, 죽도 잘 먹는다. 가끔은 꿈을 꾸는 것 같기도 하고 '이 아기가 정말 내 아기 맞나' 싶기도 하다.

결혼 6년, 참 많은 일이 있었지만 아기가 겪은 고통에 비하면 아무것도 아니라고 생각한다. 아기가 퇴원하고 동사무소에 출생신고를 하던 날, 남편의 떨리던 손은 지금도 잊을 수가 없다.

"아기야, 아프지 말고 무럭무럭 건강하게 자라주렴."

훈장과 바꾼 사랑의 팔찌

16개월 된 내 딸의 팔목에 채워진 팔찌. 그 팔찌는 세상의 모든 보석을 다 준다 해도 바꿀 수 없는 것이다. 하지만 사실 이것은 딸의 두 번째 팔찌다.

첫 번째 팔찌는 아이 돌잔치 때 친정 부모님이 해주셨다. 하나뿐인 외손녀 돌잔치를 보시겠다고. 그 이른 새벽 두 분은 배 타고 기차 타고 또 버스를 타고 군산까지 오셨다.

두 분은 늘 해줄 게 없어서 미안하다고 하신다. 그런 두 분이었기에 바쁜 딸을 생각해서 나 몰래 아이의 팔목에 슬쩍 팔찌를 거시고는, 단 세 시간 만에 일어서셨다. 손님을 맞느라 경황이 없던 나는 그저 "전화 드릴게요"라는 짧은 인사를 했을 뿐이다. 내 아기 생일 잔치에만 정신이 팔려서, 정작 당신 딸 얼굴 보겠다고 먼 곳에서 오신 칠순의 아버지도 외면하고 말이다.

다음 날 아침 친정 오빠로부터 전화가 왔다.

"잔치 잘했냐? 못 가서 미안하다."

"괜찮아. 근데 엄마가 팔찌 주고 가셨데? 뭔 돈으로 그런 걸 사셨는지 몰라."

한참 오빠와 얘기를 하다 보니 오빠의 한숨 소리가 심상치 않았다. 또 무슨 일이 있었는지…….

지난날 온몸에 화상을 입어 병원에 누워 있던 오빠의 눈물이 생각났다. 돈이 없어 변변히 치료를 못 해 우는 아버지의 모습도 봤다. 돈에 한이 맺힌 눈물이었다. 또 먹을 것이 없어서 일주일 동안 라면 두 개로 버텨본 적도 있었다. 그렇기에 이제 웬만한 일에는 울거나 잘 놀라지도 않는다.

오빠는 그제야 부모님의 돌잔치 여정을 말해주었다. 하루하루 은행과 사채업자에게 들볶이던 부모님은, 하나뿐인 외손녀를 위해서 지난 30년간 군 생활 후 받은 훈장을 파셨단다. 그 훈장은 당신의 명예와도 같은 것이었다. 그런 훈장을 단돈 몇 만 원에…….

열심히 일하다가 사고로 한 손가락을 잃어버린 아버지는 아홉 개뿐인 그 손가락으로 팔찌를 고르고 또 고르셨을 것이다. 그날 그렇게 돌잔치에 오신 날, 나는 잘 가신 줄로만 알았다. 그런데 그것도 아니었다.

버스를 타고 가시던 중, 두 분이 잠깐 휴게실에 간 사이 버스가 그만 출발하고 말았단다. 차비만 달랑 가져오셨던 두 분은 그 자리에 주저앉으셨고, 갑자기 설움이 복받친 엄마는 그렇게 또 우셨다고 한다. 다행히 어떤 분의 도움으로 차를 얻어 타고 집으로 가실 수 있으셨단다.

전화를 끊고 손이 바들바들 떨렸다. 울지 않으려고 이를 악물고 이불을 힘껏 밟아 빨았다.

그런데 그런 사연을 안은 팔찌를 그만 잃어버렸다. 잠시 아이와 시장에 다녀왔는데, 집에 와보니 아이 팔목에 작은 상처만 남기고는 팔찌가 사라져버린 것이다. 유난히 아이가 예쁘다고 쓰다듬던 아주머니가 떠올랐다. 아이를 업고 무작정 그 아주머니를 찾아 나섰지만 어디서도 찾을 수가 없었다.

남편이 돌아와도 정신 나간 사람처럼 멍하니 앉아 있었다. 그날 새벽 급기야 나는 40도가 넘는 고열로 응급실에 실려 갔다.

다음 날 남편은 "그 팔찌가 어떻게 생긴 건데?" 하며 울먹이는 내 등을 토닥여주었다.

그리고 넉 달이 흐른 지금, 남편은 나 몰래 부모님께 돈을 부쳐드리며 죄송하다고, 똑같은 팔찌로 사달라고 부탁드렸다. 물론 팔찌 네 개는 살 수 있는 돈을 드리면서. 그렇게 해서 두 번째 팔찌가 돌아왔다. 무엇과도 바꿀 수 없는 사랑의 팔찌가……

나는 엄마에게 전화를 걸었다. 고맙다고, 사랑한다고 말하려 했는데 살갑지 못한 나는 대뜸 짜증부터 냈다.

"엄마, 처음 거랑 디자인이 다르잖아!"

수화기 너머 엄마의 웃음소리가 들린다. 아마도 엄마는 아셨나보다. 딸내미가 하고 싶었던 말이 무엇인지를……. 그 웃음 따라나도 웃었다. 남편도 옆에서 웃었다. 오늘은 돈이 많지 않아도 행복할 수 있다는 걸 느낀 날이다.

50년 만의 데이트

한가한 오전, 커피를 한 잔 하려고 자리를 잡을 때 전화벨이 울렸다.

"응, 엄마다."

엄마의 목소리는 여느 때와 달리 약간 들떠 있었다. 평소라면 밭에 나가서 일하실 시간인데 웬일인가 싶었다.

"예, 엄마. 그런데 이 시간에 웬일이세요? 집에 무슨 일 있어요?"

"일은 무슨, 내가 너에게 자랑할 일이 생겨서 전화했다."

"얼마나 좋은 일이기에 들일도 안 나가시고 전화를 하셨대요?"

우선 걱정스러운 일이 아니라고 하셔서 안심이 되었다. 엄마는 어제 있었던 일을 차분히 들려주셨다.

어제는 아버지가 정기검진을 받으러 가시는 날이었단다. 한 달 전에 무릎 수술을 하신 아버지는 이후, 몸도 마음도 많이 허약해지셨다. 그래서 검진받으러 가실 때도 은근히 엄마가 동행하기를 원하시는 모양이었다. 예전의 아버지들이 그랬듯 우리 아버지 역시 외출할 때 엄마와 동행하는 경우는 거의 없었다. 그리고 행선지를 확실히 밝히는 경우도 드물었다. 엄마는 아버지와 같이 다니니 좋기는 한데, 한편으로는 아버지가 많이 약해지신 것 같아서 씁쓸하셨단다.

병원 갈 준비를 하시고 막 문을 나서려 할 때였다.

"날이 뜨거우니 양산도 준비하고 모자도 쓰소."

"아니, 뭔 병원을 가는디 모자를 쓴다요?"

"아따, 하라면 하라는 대로 좀 하소."

아버지는 손수 엄마의 모자를 꺼내 오셨단다. 엄마는 "별일이네"라고 중얼거리시며 아버지를 따라나섰다. 버스를 타고 병원에 도착해서 진찰을 받으시고 집으로 돌아갈 버스를 기다리고 계셨다.

"저쪽으로 건너가서 기다리세."

"아니, 집에 가는 방향도 잊어버렸소? 이짝에서 타야 집으로 가요."

반대편에서 버스가 오자 아버지는 아무 말 없이 엄마 손을 덥석 잡으시고 끌다시피 차에 밀어 넣으셨다. 자리에 앉자마자 엄마는 볼멘소리를 하셨다.

"아니, 어디 가는 거요?"

"연꽃 축제 갈라고 그러네."

엄마는 생각지도 못한 대답이었다.

연꽃 축제는 평일이어서인지 한가했다.

"모자도 쓰고 양산도 쓰소."

"만날 들에서 일하는 사람이 양산은 써서 뭐 하요."

"하라면 하라는 대로 좀 하면 안 되겠는가?"

이렇게 작은 실랑이를 벌이며 한참을 걷다가 아버지는 잠깐만 있으라며 어디론가 총총히 걸어가셨다. 잠시 후 아버지는 한 손에 봉투 하나를 들고 나타나셨다.

"자네, 이것 좋아하지?"

내미시는 봉투 안에는 찐 옥수수가 들어 있었다. 평소에 엄마가 옥수수를 좋아하셨단다. 나는 엄마가 옥수수를 좋아하셨다는 걸 오늘에야 알았다.

잠시 자리를 잡고 앉으셨는데 아버지가 엄마 손을 살며시 잡으시며 말씀하시더란다.

"그동안 고생 많았네……. 고맙네."

이런저런 얘기를 하시다가 아버지가 엄마더러 연꽃을 닮았다고 하셨단다. 엄마는 그 대목에 제일 힘을 주시며, 수줍은 소녀처럼 말씀하셨다.

아버지는 평소에 밀가루 음식을 싫어하셨다. 그런데 그날은 엄마가 좋아하는 칼국수를 먹자고 하시며, 칼국수 집으로 앞장 서서 들어가셨다. 엄마는 그렇게 맛난 점심은 처음이었다고 하셨다.

연꽃 구경을 하시다 아버지 다리에 무리가 갈까 봐 걱정이 되었던 엄마.

"반쪽만 구경하고 오늘은 그만 갑시다. 그리고 내년에 또 반쪽 구경시켜줘요."

엄마는 괜찮다는 아버지를 끌고 버스에 몸을 실으셨다.

엄마는 연꽃 구경이 좋은 게 아니라, 시집와서 50여 년 만에 두 분이서 처음으로 데이트하신 게 좋으셨던 것 같다. 아버지 팔도 처음 잡아보셨단다. 물론 엄마는 아버지 다리가 불편해서 부축하려고 잡았다지만 좋으셨나 보다.

엄마는 마지막으로 한마디 하시고 수화기를 내려놓으셨다.

"느그 아부지가 그렇게 나를 생각하는 줄 몰랐어야……."

엄마의 행복한 얼굴이 보이는 것 같다. 부모님의 행복한 데이트 모습이 한 폭의 그림같이 그려진다. 두 분이 언제나 한결같이 건강하게, 오래오래 데이트하시며 사셨으면 좋겠다.

왕소금 남편

우리 남편은 그야말로 왕소금이다. 결혼 초나 지금이나 입만 열면 절약, 절약, 절약이 먼저 나온다.

남을 전혀 의식하지 않고 자기 개성대로, 자기 멋에 취해서 살아가는 남자. 그러나 그런 그와 같이 사는 나는 너무나 피곤하다.

우선 시장을 봐서 식단을 짤 때도 자기만의 철칙이 있다. 시장에 갈 때는 오후 늦게 배가 부를 때 가야 한단다. 이유인즉, 배가 불러야 쓸데없는 것들을 안 사고, 늦은 시간에 가야 같은 물건도 싸기 때문이란다.

반찬은 세 가지 이상 준비하면 안 되고, 온 가족이 모여 한꺼번에 먹을 수 있도록 시간과 반찬의 양을 조절해야 한다. 후식으로 먹는 과일은 꼭 제철 과일을 먹되 배부르게 먹어서는 안 된다.

또 외출은 될 수 있으면 삼가야 한다. 외출할 때 드는 교통비를 절약하기 위해, 볼일은 모아서 한꺼번에 봐야 한다. 견물생심이라고 보면 보는 대로 사고 싶은 것이 사람의 심리이기에, 안 보는 쪽을 택해야 한다는 것이 남편의 지론이다.

아이들 옷은 대물림해서 입을 수 있게 실용적인 걸로 사야 하고, 가족들의 생일이나 기념일에는 생화보다는 조화나 직접 예쁜 그림을 그려서 주는 것이 효율적이라고 한다. 또 화장지와 샴푸, 비누, 치약 등 생활 용품은 아껴쓰라며 입이 닳도록 얘기한다.

평소에 이런 지론을 펴는 남편을 두었기에, 나는 그야말로 벙어리 냉가슴 앓듯 살아왔다.

그러던 어느 날, 결혼 25년 만에 좀 넓은 집으로 이사를 했다. 집을 예쁘게 꾸미고 오래된 물건을 바꾸고 싶은 게 여자의 마음이다. 그러나 역시 그런 마음에 찬물을 끼얹는 남편 때문에 이제는 두 손두 발 다 들었다.

아이들 방 서랍장은 20년 된 것으로 너무 낡아 바꾸자고 했더니 남편은 오히려 나에게 면박을 주었다.

"이 사람 무슨 말이야. 이건 손질하면 진이가 시집갈 때 가져가서 써도 되는데."

냉장고도 용량이 너무 작아 새로 바꾸자고 했다. 그랬더니 역시나 남편의 말씀.

"당신이 시장 가서 이것저것 많이 사니까 그래. 한꺼번에 많이 사서 넣어두지 말고, 그날 먹을 것만 사면 이 냉장고도 큰 거야."

남편의 대꾸에 말문이 막혀서 더 말하기가 싫어졌다.

집에는 너무 오래되어 삐걱삐걱 소리가 나는 책상이 있다. 새 책상 안 사도 좋으니, 이사 갈 집에 가져가지 말자고 했다. 그러나 이어지는 남편의 대답.

"이건 내 보물 1호야. 내가 아무것도 없을 때, 이 책상이 내게 얼마나 도움을 주었는데 버려? 가보로 물려줄 건데."

그렇게 나는 새집 단장을 포기했다. 아파트로 이사 와서 이 집 저집 가보면, 깨끗하고 예쁘게 꾸며놓았는데, 우리 집에 돌아오면 우중충하고 낡아서 그야말로 짜증이 난다. 하지만 어쩌랴. 소금보다 짠 남편이 협조를 안 해주니…… 그냥 가정의 평화를 위해서 단념하고 살아야지.

사실 시댁은 대식구에 종갓집이라서 돈 쓸 데가 많다. 그래서 절약을 해야 살 수 있다. 그런 형편을 모르는 것은 아니지만 계속 절약만 하다 보니 주부인 나는 스트레스가 쌓인다. 하지만 술 담배도 안하고 한 철에 옷 두 벌로 회사를 출퇴근하는 남편 앞에서 난들 뭐라고 할 수 있겠는가? 유행도 모르고, 10년 전에 산 옷도 마다하지 않고 입는 남편을 보면 사람이 어찌 저럴 수 있나 놀랄 때가 많다.

남편은 등산을 좋아한다. 요즘 사람들은 예전 같지 않아 등산할 때도 기능성 소재로 만든 다양하고 세련된 디자인의 옷과 배낭을 갖춰서 산에 오른다. 하지만 우리 남편은 수년 전에 산 점퍼와 운동복 바지, 그리고 아이들이 매던 가방과 낡은 운동화를 신고 룰루랄라 산에 간다. 그런데 이렇게 왕소금 남편이 쓸 때는 또 쓴다는 사실이 나를 놀라게 한다.

남편이 가끔 친정 부모님께 나도 모르게 보약을 보내드린 것이다. 또 용돈을 드려 내가 대신 인사를 받기도 했다.

"사위에게 고맙다고 전해라. 매번 받기만 하고……."

때로는 좁쌀영감 같다고 투덜대고, 때로는 예쁜 옷도 안 사준다며 입이 나왔다. 하지만 일찍부터 '아나바다 운동'을 한 남편 덕분에 온 가족이 편안하게 쉴 수 있는 안식처가 있고, 남에게 아쉬운 소리 하지 않고 살 수 있는 생활이 있다. 이 모든 것에 감사를 드린다.

하지만 남편에게 부탁하고 싶은 것이 하나 있다.

"여보, 나를 위해서라도 깔끔한 양복 한 벌 사서 입어요. 그래야 사람들이 내 흉 안 볼 것 아니에요? 제발 부탁해요!"

아들의 첫 월급

"엄마, 새벽 다섯 시에 꼭 깨워주셔야 해요."

아들에게 몇 번이나 다짐을 받는다. 잠든 아들의 듬직한 모습을 보면서 늙고 무능한 내 모습이 자꾸 작게만 느껴진다.

작년 6월, 갑작스러운 남편의 사업 실패로 생활은 엉망이 되었고 지옥같이 힘든 시간을 보냈다.

아들은 고등학교 2학년에 재학 중인 약하고 예민한 아이였다. 그런데 그 아들이 겨울방학 동안 건설 현장에서 아르바이트를 하기로 했단다. 어려운 집안 형편을 생각해서 내린 결정이었다. 몇 번이나 말렸지만 내 말을 듣지 않았다.

"걱정 마세요. 젊어서 고생은 사서도 한다잖아요."

아들을 보낸 후 나도 서둘러 청소를 하고 초등학교에 다니는 딸아이 점심을 차려놓은 뒤 출근을 했다.

남편은 부도에다 인사 사고까지 겹쳐서 부득이 폐업 신고를 해야 했다. 너무 많은 부도를 당하고 보니, 빚을 갚는다는 것은 엄두도 못 냈다. 남편은 넋을 잃고 대인공포증까지 걸렸고, 백수 생활은 어느새 10개월째로 접어들었다. 종일 안방에 누워서 담배만 피워대는 남편이 안쓰럽기도 했지만 한편으로는 원망스럽고 미운 마음이 더 컸다.

이런 상황을 지켜보던 아들이 다니던 학원을 그만두었다. 그리고 자기가 집안을 일으킬 테니 조금만 참으라는 위로까지 해줬다. 마냥 어린 줄만 알았던 아들 녀석이 동생을 챙기고, 집안 청소와 설거지는 기본으로 하기 시작했다. 그리고 얼마 전 아르바이트해서 번 돈이라면서 이십육만 사천 원을 고스란히 생활비로 내놓았다.

"엄마, 세일즈 하러 다니려면 발이 편해야 해요. 얼마 안 되지만 신발 사 신으세요. 그리고 이건 선영이 옷 사주시고요."

아들은 오만 원과 삼만 원을 따로 내밀었다. 가슴이 미어지면서 쥐구멍에라도 들어가고픈 심정이었다.

아들은 마트에 가자고 했다. 마트에 가서는 가격을 꼼꼼히 비교해가며, 세제와 샴푸, 치약과 비누를 샀다. 그 모습을 보니 아들이라는 버팀목이 참 든든했다.

저녁에 아들은 아빠랑 꼭 갈 데가 있다면서 같이 외출을 했다. 아빠 안경이 너무 낡아서 불편해 보였다면서 안경을 맞춰줬다. 거기다 따뜻한 모자까지.

"외출도 안 하는 아빠 모자는 왜 샀니?"

"엄마, 이제 아빠랑 같이 건설 현장에서 일하려고요. 혹시 아빠가 아는 사람 만나면 창피하잖아요."

내가 낳은 아들이지만 어떻게 저렇게 속이 깊을까? 그저 고마울 따름이다.

개학하면 공부도 열심히 할 거라고 한다.

남편도 아들의 고생하는 모습이 안쓰러웠는지 함께 건설 현장에 나가고 있다. 나 역시 이런 아들을 보면서 더 열심히 일해야겠다는 생각이 든다.

지고는 못 살아!

농번기가 끝나고 나니 시어머니께서 요즘 자주 전화를 하신다.

"에미야, 요즘은 거기서 뭔 영화 한다냐? 나 요즘 할 거 없는디 느그 집이나 갈끄나?"

어머님은 우리 집 근처에 있는 영화관 생각이 나신 모양이다.

시어머니는 시골 분이라서 생활력도 강하시고 남에게 지고는 못 사시는 성격이다. 게다가 친선경기, 즉 고스톱을 무척 즐기신다.

지난해 겨울, 어머님은 어김없이 우리 집으로 올라오셨다. 첫날은 손자 손녀 보는 즐거움에 웃으며 조용히 지내셨다. 하지만 답답한 아파트 생활을 못 견뎌하시더니, 단 하루를 못 넘기고 아파트를 뒤집기 시작하셨다.

어머니는 우선 묵은 먼지를 털어내는 대청소를 하셨다. 그러고는 오다가다 마주치는 분들에게 "우리 집에 놀러 오시오. 우리 며느리 집이 101동 503호요"라며 놀아달라고 애원을 하신다.

남는 시간에는 낯선 아파트 노인정에 담요를 펴시고는 바로 친선 경기에 들어가신다. 노인정에서 일진이 안 좋은 날이면, 집에 들어오시자마자 신발을 벗어 던지고는 이불 빨래를 시작하신다.

그날 역시 이불 홑청을 뜯으시는 시어머니를 잠재울 수 있었던 건, 때마침 생긴 문화 상품권 때문이었다.

"어머님, 영화 구경 가실래요? 집 근처에 극장이 생겼거든요."

"이 나이에 뭔 영화 구경이냐. 됐다. 내 팔자에 무슨 영화……."

결국 그날 저녁, 남편의 설득으로 나와 어머님은 심야 영화를 보러 갔다. 영화 예매 후 어머님은 주변을 두리번두리번 살피셨다.

"으미, 이 야밤에 뭔 사람이 이리 많다냐? 이건 또 뭐다냐?"

시어머니가 가리킨 것은 사탕 뽑는 기계였다.

"어머님, 그거 사탕 뽑는 기계인데요. 동전을 넣은 다음 집게손을 움직여서 사탕을 꺼내는 거예요. 잘 집으셔야 많이 나와요."

"뭔 그런 기계도 있다냐? 너 동전 있냐?"

철커덕 동전 넣는 소리와 함께 어머니는 기계에 손을 올려놓으셨다.

"어머님, 사탕 나오네요!"

"뭣이여? 달랑 두 개냐? 내가 오백 원이나 넣었는디. 두 개여? 이거 도둑놈 같은 기계 아니여?"

나는 주위의 시선을 피하면서 어머님을 모시고 영화관으로 들어갔다. 하지만 분한 마음에 팝콘을 요란하게 씹으시던 어머님.

"이 강냉이가 요만큼에 얼마냐?"

"어머님, 여기선 말씀하시면 안 돼요. 그냥 드세요."

"아니 시에미가 말하는디 입을 막어야. 얼마냐고?"

급기야 조용히 하라는 사람들의 경고가 들어왔다.

영화고 뭐고 얼굴 뜨거워서 그냥 나가야 되나 걱정스러웠지만, 다행히 어머님은 잠자코 계시더니 곧 주무셨다.

영화가 끝나고 우르르 몰려 나가는 많은 사람을 제치고 어머님은 빠른 걸음으로 나가셨다. 나는 얼른 집에 가고 싶으신 줄 알았다. 하지만 어머님이 멈춘 곳은 바로 그 사탕 기계 앞이었다.

"에미야, 잔돈 남았냐? 도저히 그냥은 못 가겄다. 내가 한 번 더 해볼란다."

"어머님, 이건 그냥 재미로 하는 거예요. 오늘은 그냥 가시고 다음에 또 와서 하세요, 예?"

그렇게 어머님을 끌고 나오다시피 하자 어머님은 "이건 사기여, 사기랑게" 하며 소리를 지르셨다.

그날, 어머님은 새벽이 오도록 이리저리 뒤척거리며 잠을 이루지 못하시더니 내려가는 그날까지도 분이 안 풀리신 채 내려가셨다.

그 후로 어머님은 우리 집에 전화하실 때마다 무슨 영화를 하는지 꼭 물어보신다. 영화도 제대로 안 보셨던 거 같은데 말이다. 그래도 오셔서 영화관 가자고 하시면 또 모시고 갈 생각이다.

글쓴이들

슈퍼맨의 비애_조수정
썰렁한 시아버지와 무뚝뚝한 며느리_이미경
만 원의 행복_김애경
큰며느리는 천하장사_최은실
이웃사촌_이문숙
마이크를 좋아하는 아내_정순옥
세상에서 제일 비싼 햄버거_송성애
운동회의 추억_김명수
그녀가 먹은 건 양심_조하영

며느리 사랑은 시어머니_김정숙
백 원 때문에_배순매
유치원 선생님에서 농부의 아내로_이훈희
남편의 발_안종희
선물 받은 미역국_김현선
시아버지는 주방장_전미정
아버지, 지금 그대로의 모습을 사랑합니다_김정혜
봉사 활동이 맺어준 인연_신용선
복숭아 한 상자의 감동_김정옥
순대 없는 순댓국_이명희
시어머니와 경옥고_송옥선
남편의 비자금_안윤정

부끄러웠던 하루_김금순
이제는 다 잊었습니다_이규복
돌이킬 수 없는 후회_정용순
용서받고 싶은 마음_최진
고부간의 이메일 사랑_이정옥
하늘이 내린 적, 동서_김민지

어머니께 해드린 마지막 화장_박영하
까만 선글라스의 아버지_송나현
무김치와 내복_신현미

천사의 하루_신명화
그리운 어머니의 손맛_곽영숙
풍선 장수 삼촌_장정순
외할머니의 박하사탕_박선주

맵기만 하던 시집살이_이명신
어머니 마음 저도 알 것 같아요_류승화
김밥 속 엄마의 편지_김주연
최고의 도시락_이기호
어머니의 몽당연필_이정진
회색 스웨터의 추억_이정은
아버지의 때 묻은 돈_이연옥
할아버지의 유품_천성미
구구단과 파 송송 계란찜_유천석
엄마의 늘어난 양말_한성원
백 송이의 장미_황종원

시골집 가는 날_주낙섭
늦깎이 새색시_최영미
엄마가 된 남편_조민정
10월의 산타_최현우
아기야, 튼튼하게만 자라다오_정은주
훈장과 바꾼 사랑의 팔찌_이영선
50년 만의 데이트_주옥림
왕소금 남편_조연순
아들의 첫 월급_김경숙
지고는 못 살아!_박숙영

이 책에 실린 글들은 라디오에 소개된 사연 중 선별해서 글쓴이들의 게재 허락을 받아 구성한 것입니다. 그중 연락이 불가능한 몇 작품은 가명을 사용했음을 알려드립니다.